JN306396

無茶の勘兵衛日月録12

浅黄 斑

時代小説

二見時代小説文庫

秋蜩《ひぐらし》の宴——無茶の勘兵衛日月録12

目次

『秋蜩の宴――無茶の勘兵衛日月録12』の主な登場人物

落合勘兵衛《おちあいかんべえ》……越前大野藩江戸詰の御耳役。初恋の人塩川園枝との祝言のため帰郷の途に。

新高八次郎《にいたかはちじろう》……勘兵衛の若党。主の勘兵衛とともに越前大野へ。

落合孫兵衛《おちあいまごべえ》……勘兵衛の父。越前大野藩郡方勘定役小頭で隠居。のち藩の目付に。

落合梨紗《おちあいりさ》……勘兵衛の母。

塩川益右衛門《しおかわますえもん》…越前大野藩の大目付。塩川園枝の父。

塩川園枝《しおかわそのえ》……勘兵衛の初恋の人。このたび勘兵衛との祝言が決まる。

広畑彦六《ひろはたひころく》……越前大野藩の飛び地・西潟の陣屋で年貢米を扱っている。

権田内膳《ごんだないぜん》……越前大野藩の郡奉行。

久保弥七郎《くぼやしちろう》……越前大野藩西潟陣屋の手代頭。権田内膳の以前の部下。

小野口栄三郎《おのぐちえいざぶろう》…越前大野藩郡奉行の嫡男。園枝への縁談を断わられ勘兵衛に遺恨。

室田貫右衛門《むろたかんえもん》…勘兵衛の姉の夫。越前大野藩の徒小頭。

中村文左《なかむらぶんざ》……勘兵衛の親友。越前大野藩郡奉行所記録方。

田原将一郎《たわらしょういちろう》…越前大野藩の横目付。勘兵衛の剣の師。

伊波仙右衛門《いなみせんえもん》…勘兵衛と園枝の仲人役。

丹生彦左衛門《にうひこざえもん》…勘兵衛の烏帽子親。越前大野藩の物頭。

越前松平家関連図（延宝４年：1676年６月時点）

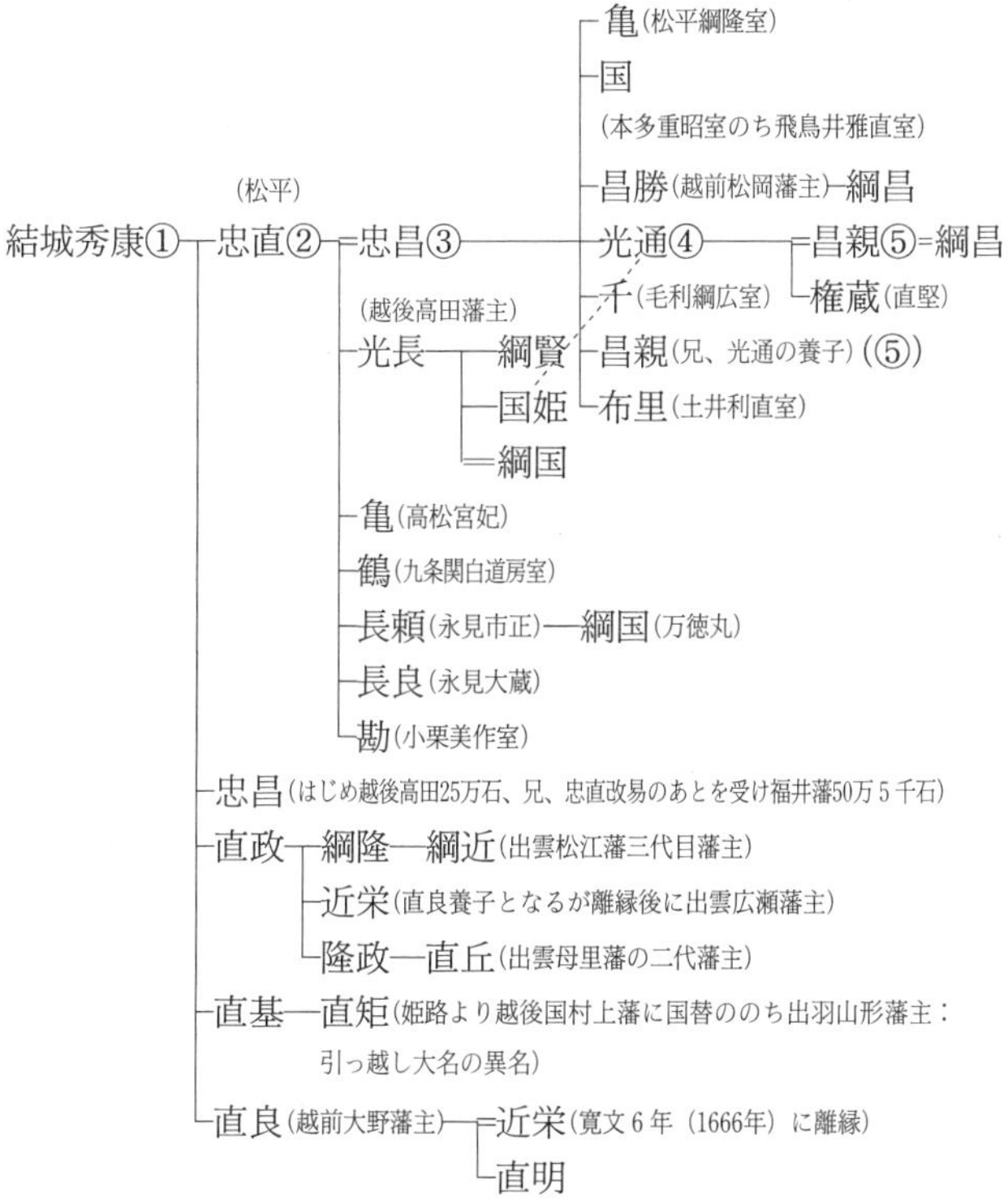

註：＝は養子関係。○数字は越前福井藩主の順を、……は夫婦関係を示す。

余呉湖《よごのうみ》

1

江戸から越前大野《えちぜんおおの》まで、東海道を使えば百四十一里、中山道《なかせんどう》なら百四十九里といわれている。

だが、正確なところはわからない。

なにしろ脇往還《わきおうかん》や抜け道が無数にあって、旅人の気まま次第で、里程は長くも短くもなる。

いずれにしても、川留めなどの不慮の事態が勃発しないかぎり、十三日から十四日の旅程になる。

越前大野藩の江戸屋敷において、御耳役《おみみやく》の職にある落合勘兵衛《おちあいかんべえ》が、帰郷に際して選んだ道程は、東海道を通るものであった。

三年の前――。

当時十八歳であった勘兵衛は、中山道をたどって江戸へと出たのであるが、今回、東海道を選んだのはほかでもない。

この四月の半ばに勘兵衛は、主君である松平直良《まつだいらなおよし》が国帰りのために、江戸屋敷を発《た》つのを見送った。

その大名行列の、跡を慕ってみようと思ったのである。

思えば、郡方《こおりかた》勘定役小頭《こがしら》であった父の孫兵衛《まごべえ》が、濡れ衣を着せられて御役召し上げのうえ、七十石の俸禄を半分に削られて隠居ののち、十七歳で家督を継いだ勘兵衛が、初めて御役についたのが御供番《おともばん》であった。

御供番というのは、藩主外行の際に馬前に立って、藩主の護衛にあたる役だ。つまりは近習《きんじゆう》である。

護衛という役目がら、人選は武術優秀者から選ばれる。

勘兵衛の剣の腕が見込まれたようだが、三十五石に減知《げんち》された低い家格と年齢を考えれば、およそ信じられない人事であった。

湧き上がる喜びのうちに、そのころの勘兵衛は、いずれは御供番として江戸へ向かうこともあろう……などと、ひそかな期待に胸をふくらませていたのである。

ところが、信じられぬ事態が次つぎに起こった。

父の冤罪《えんざい》が晴れ、落合家が百石に増禄されたのと前後して、勘兵衛に出府の命《めい》が下ったのである。

そして、今は御耳役という、特殊な職務についてしまった。

「ま、そのようなわけでな……」

ついに主君の護衛をすることのなかった勘兵衛は、主君が国帰りの道筋をたどって帰郷する旨を、若党の新高八次郎《にいたかはちじろう》に告げた。

いよいよ明日が旅立ちという、延宝《えんぽう》四年（一六七六）六月一日のことであった。

すでに故郷の両親には、六月十四日ごろには故郷に到着する予定だ、と報《しら》せてある。

「ははあ、そういたしますと……」

江戸から一歩も外に出たことのない八次郎は、普段には見せないしかつめらしい表情で、

「となると、どのような行程に、なりますのでしょう」

いつの間に求めてきたか、道中絵図など持ち出してきた。

「ふむ。中山道の絵図か、あいにくだが、あまり役に立たぬぞ」

「あれ、ちがいましたか」

「殿の参勤や国帰りには、東海道を使うのでな」

「やっぱり、そうでございましたか。いや、藤次郎《とうじろう》さまも、比企《ひき》さまも中山道を来られましたので、あるいはと思ったのですが……」

八次郎は、残念そうな声になった。

勘兵衛の弟である落合藤次郎や、二年前に福井藩を脱藩して江戸へきた比企藤四郎《とうしろう》も、中山道をたどってきたと知っている八次郎には、そう思えたのであろう。

「すると……、東海道から、越前大野へは、どのような」

「うむ。まずは、宮《みや》の宿《しゅく》まで行くのだ」

「宮宿《みやじゅく》というと、あの熱田《あつた》神宮の門前町で……」

「そうだ。東海道最大の宿場町だな」

勘兵衛も、別の道中絵図を持ち出してきて、八次郎に示した。

宮宿は東海道五十三次の、四十一番目の宿場町である。

昨年のこと、勘兵衛は八次郎にも、上司の江戸留守居役である松田与左衛門《まつだよざえもん》にも告げずに、大坂に出奔《しゅっぽん》したことがある。

その際に準備した道中図であった。

その折には、宮宿から、東海道唯一の海路である〈七里の渡し〉で桑名《くわな》まで渡ったものだが、今回はちがう。

「宮宿から、尾張城下を通って中山道の垂井宿《たるい》へ出る。美濃路《みのじ》という脇往還だ」

「垂井宿……、はあ、はあ、ございます、ございます。美濃《みのう》の国でございますな」

自分の中山道の絵図に、垂井宿の名を見つけて、八次郎は、少し嬉しそうな声を出した。

「南に二里で、養老の滝がある、と書いてあります」

八次郎は続けたが、物見遊山《ものみゆさん》の旅ではない。勘兵衛は黙殺した。

尾張から中山道へ抜けるのに、鎌倉街道という古道があるが、徳川の政権後に美濃路と呼ばれる脇街道が整備された。

その美濃路は、〈七里の渡し〉や難所である鈴鹿《すずか》峠を避けることができるため、将軍の上洛や朝鮮通信使、さらには多くの西国大名も、参勤交代の際に利用する街道になっている。

「宮から垂井まで十四里二十四町（約五八キロメートル）。ただし、その間、木曽川、境川、長良川《ながらがわ》、揖斐川《いびがわ》を渡らねばならぬ」

「ははあ、橋はございますのか」

「あるものか。渡し舟で渡るのだ」

言うと、なにやら八次郎がもじもじとする。

「どうした、八次郎」

「いえ……、その……、わたくしめ、あまり水練が得意ではございませんので」

「心配性なやつだ。水の都の、この江戸で生まれ育って、水練が苦手もないものだ。なに、木曽川だの、長良川だの、いかにも急流の川のようだが、大川とたいしたちがいはない、第一、渡し舟が、そうそうひっくり返るものか」

という勘兵衛自身、九歳のとき増水した故郷の清滝川《きよたきがわ》に飛び込んだはいいが、およそ半里（二キロメートル）ほども流されて、城下に知られた〈無茶の勘兵衛〉の異名《いみょう》を決定的にしたことがある。

だが、もちろん八次郎は、そんなことは知らない。

「はあ、まあ、そうではございましょうが」

そんなやりとりがあって、翌日の早朝に、勘兵衛と八次郎の主従は、江戸を出発した。

2

二人の旅姿はといえば、ともに打飼《うちか》い（旅の道具箱）を背負い、野袴にぶっさき羽織、右腰には瓢《ふくべ》をぶら下げている。

脚絆《きゃはん》は巻いているが素足に草鞋《わらじ》がけで、菅笠《すげがさ》をかぶっている。

ちがうところといえば、勘兵衛がこのところ愛用している塗笠なのに対し、八次郎は菅笠である。

天候にも恵まれたうえ、なにしろ二十一歳と十八歳の若い主従である。

おまけに夏場の夜明けは早く、日暮れは遅いから、行動時間が長かった。

だから、思った以上に、道中ははかがいった。

おまけに勘兵衛にとって、今回の帰郷は、まことに慶賀のことであった。

いやでも、足は速まるのである。

勘兵衛には、少年のころより、固く胸のうちに秘めていた初恋の相手がいた。

勘兵衛の親友の一人、塩川七之丞《しおかわしちのじょう》の妹で園枝《そのえ》という。

三つ年下の園枝のことを強く心に秘めながら、勘兵衛は『戀』というその一文字を、糸と糸とで両側から言を締めつける心なのだ、と自らを戒《いまし》め、頑《かたく》ななまでにその恋心を深く深く心に沈めた。

十六歳の、初夏のことである。

それは、ほかでもない。

園枝の家は二百石、その父は塩川益右衛門《ますえもん》といって、当時は目付職であった。

それに比べて落合の家は、無辜《むこ》の罪に落とされ、七十石を三十五石に減じられた無役の家である。

こういうのを、箸にも棒にもかからない、というのだろう。

ところが、その園枝との縁談が現実のものになった。

まさに、思いがけぬことが起こったのである。

江戸に出た勘兵衛の耳に、園枝に縁談話が起こっている、と届いたのは昨年の秋のことであった。

覚悟はしていたものの、そのとき勘兵衛はうちひしがれた。

しかし、その裏側で、事態は、思わぬ方向に転がりだしていたのである。

目付職にあった塩川家の嫡男の重兵衛《じゅうべえ》が、勘兵衛が天敵とも見なす、山路亥之助《やまじいのすけ》に斬られた傷が元で世を去った。

それが、昨年の六月のことであった。

その報に接して、江戸に留学中であった塩川七之丞は、急ぎ故郷に戻っていった。

その不幸で、園枝の縁談もまた、いっとき止まっていたのである。

話は前後するが、園枝の父は、勘兵衛の父の冤罪《えんざい》が晴れたときに功があって、目付から大目付に昇進していた。

そして、嫡男である重兵衛の死によって空いた目付の職に、なんと一旦は隠居した勘兵衛の父である孫兵衛が、新たに百石をもって召し出されることになったのだ。

そして、一度は若君の勘気に触れて小姓組頭の職を解かれ、故郷に戻っていた親友の伊波利三《いなみとしぞう》と、塩川七之丞が、揃って江戸に赴任してきた。

利三が若殿の付家老、七之丞が小姓組頭としてであった。

その七之丞が、園枝の伝言を運んできた。

まるで、瓢簞《ひょうたん》から駒が出るような話を持ち込んだのである。

実は勘兵衛のところへ、母からの便りで、ときおり園枝が遊びにやってくる、というようなことがことが書かれていたのだが――。

七之丞の話によれば、

――園枝のやつも大胆で困る。実はな、このことは、まだ父母には内緒だが、園枝はおまえの母君に、ひそかに会いに行ったそうだぞ。

――ははあ、で……。

――で……ではないわ。つまりだな……。その、なんだ。自分では勘兵衛さまの嫁には無理でございましょうか、と直談判《じかだんぱん》に及んだわけよ。いや、我が妹ながら、なんとも大胆なやつだ。

というような次第であったそうな。

そして七之丞は、

――これはおまえ次第だが、もし、おまえにその気があるのなら、うん。俺もひとつ骨を折らねばならんかな、と思っている次第だ。

勘兵衛は、力強い味方を得た心地がすると同時に――。

(あの園枝どのが、俺のことをそのように……)

嬉しさが、胸にあふれた。

その後に、伊波利三や江戸留守居役の松田の後押しもあって、勘兵衛と園枝の縁談は順調に進んだ。

今度の帰郷で、一気に祝言《しゅうげん》、とまではいかぬまでも、落合、塩川両家の間で、婚約の儀くらいは調《ととの》えられようか、と勘兵衛は予想している。

江戸を出て八日目の日暮れ近く、松並木の街道を抜けたところに、石積の枡形見附《ますがたみつけ》があって、そこから垂井の宿場町が開けていた。

枡形見附というのは、有事の際に砦《とりで》の役を果たす石塁《せきるい》のことで、町に入ってすぐの両側には、枡形茶屋という見世がある。

幕府の許可を得たものだけが開業できる茶屋で、店主には通行者を監視する義務があった。

見附には、監視、あるいは見張る、というような意味がある。

旅籠《はたご》数が三十にも満たない、この静かな宿場町で、勘兵衛たちは［かめや］という旅籠を選んだ。

この旅籠の湯浴《ゆあ》み場で、勘兵衛は旅の商人から上方《かみがた》の噂を聞いた。

先月の初め、上方では大和川支流の玉櫛川《たまくしかわ》や菱江川《ひしえがわ》、吉田川、深江池《ふかえいけ》などの堤防が決壊して、摂津《せっつ》や河内《かわち》の田畑は壊滅的な水害を受けたという。

「なに、それでは、三年続きではないか」

特に一昨年には、北は枚方《ひらかた》、南は堺にいたるまで、町家や農家を流出させて、見渡すかぎりの泥海となった、とは、勘兵衛が昨年に大坂で聞いたばかりである。

そのとき、摂津や河内の民は吉野山に逃れ、実に二万人の窮民であふれたという。

さらには、奔流する洪水が天満川《てんまがわ》を逆流して、大坂城北の京橋と、備前島橋を崩落させている。

「お侍さん。えらい、詳しゅうおますな」

「いや、人づてに聞いただけだが……」

大坂東町奉行の石丸定次《いしまるさだつぐ》が、七十を超える老骨に鞭打って、窮民の救済に私財を投じるとともに、大和川の付け替え工事を繰り返し幕府に具申しているそうだが、いっかな幕府は腰を上げようとはしない。

(というのも……)

昨年、一昨年と続いた風水害は、なにも摂津や河内に和泉《いずみ》の国ばかりではなく、全国的なものだった。

特に摂河泉《せっかせん》三国の穀倉地帯は、大部分が幕府天領であったから、米経済が根幹の幕府の財政には大きな痛手《いたで》のはずである。

といって、飢える民を放置もできないし、米をはじめとする諸物価の高騰を抑えるためにも、最低の手は打たねばならない。

その結果――。

(要は、金がないのだ……)

幕府の財政は窮乏し、武家のみならず庶民の間にも、このところ重苦しい空気が漂いはじめているのを、勘兵衛は感じている。

（そして、また……）

今年も大和川流域で水害が……。

勘兵衛が眉をひそめていると、

「今年は京も大雨で、鴨川《かもがわ》まで洪水を出しましたがな」

上方商人らしい男が、追い打ちをかけるように言った。

3

垂井の宿を出ると、道はやや細くなり、田畑のなかを上り下りが続く。

夏空に高だかと聳える伊吹山《いぶきやま》を右手に見ながら、その麓道《ふもとみち》を東に向かった。

「あの伊吹山の山頂には、日本武尊《やまとたけるのみこと》の像が建っているそうです」

と、八次郎が言った。

昨夕、勘兵衛が上方の商人と湯浴みをしながら話していたところ、八次郎は八次郎で、そのような話を仕込んだのであろう。

勘兵衛は勘兵衛で、別の感慨にふけりながら、杉や欅《けやき》の木立に囲まれた藁葺き屋根の農家が点在する、田園風景を見やりながら歩いた。

このあたり――。

右手に伊吹山、左手には天満山や城山という谷間に広がる盆地が関ヶ原《せきがはら》で、この一帯が、徳川家康の覇権を決定づけることになった主戦場であった。

田畑が続く路傍に〈兜掛石《かぶとかけいし》〉と標《しるべ》のある祠《ほこら》を見つけて、八次郎が足を停めた。

「大海人皇子《おおあまのみこ》が、兜を掛けた石らしゅうございます」

「そうか。のちの天武天皇《てんむ》だな。壬申《じんしん》の乱のことであろう」

都が一時期、近江に移された千年も昔の、古代日本における最大の内乱であった。

壬申の乱は、天智天皇《てんち》（中大兄皇子《なかのおおえのおうじ》）の死後、長子の大友皇子《おおとものみこ》を擁する近江朝廷に対して、吉野にこもっていた皇弟である大海人皇子が起こした反乱、と伝えられているが、つまるところは渡来人と、大和民族との戦いではなかっただろうか。

「すると不破関《ふわのせき》は、このあたりではございませぬか」

「おう、よく知っておるな」

「はい、それぐらいは……」

菅笠の下で、八次郎は鼻をうごめかしたようだ。

関ヶ原の地名は、これに由来する。

壬申の乱に際して、大海人皇子が都（飛鳥浄御原宮《あすかのきよみはらのみや》）を守るために、不破関、鈴鹿《すずかの》関《せき》、愛発関《あらちのせき》の三関所を設置したのである。

のちに芭蕉《ばしょう》も、このあたりを通って――。

秋風や藪も畑も不破の関

の句を吟じている。

今はもう関跡が残るのみであろうが、古来、この三関《さんかん》から東を東国、あるいは関東と呼んだ。

いわば、美濃の国と近江の国の境界にあたる、このあたりが、千年もの昔から激戦地となる運命《さだめ》を背負った土地だった、ということだ。

あの天下分け目の大合戦も、まさに西国と東国の端境《はざかい》の地で、繰り広げられたことになる。

そのような感を抱きながら、勘兵衛主従は夏空の下を歩いた。

南の高空に、もくもくと入道雲が湧いている。

青青と広がる水田の向こうから、杜鵑《ほととぎす》の声が届く。

百年の昔、石田三成《いしだみつなり》が陣を置く笹尾山、天満山には宇喜多秀家《うきたひでいえ》、松尾山には小早川《こばやかわ》秀秋《ひであき》、さらに毛利秀元《もうりひでもと》は南宮山に陣を張り、といった具合に、西軍は鉄壁と思える鶴《かく》翼《よく》の陣で東軍を迎え撃とうとした。

のちの明治になって、陸軍大学校教官としてドイツから来日したメッケル少佐は、関ヶ原の戦いの布陣図を見せられて、即座に西軍の勝利と答えたものだ。

だが、小早川秀秋の裏切りなど、西軍にはいくつかの離反があった。

今は、ただただのどかな風景の下を歩きながら、

(要は情報の収集、そして分析……)

さらには策略もまた、必要なのかもしれぬ……な。

勘兵衛には、御耳役という、自分の職掌について、改めて思うところがあったのである。

さて、そういつまでも中山道を進むわけにもいかない。

近江から越前に向かう街道に、北国《ほっこく》街道というのがあるが、伊吹山の麓地を巻くようにして通る北国脇街道というのがある。

垂井宿よりは、少し大きな関ヶ原の宿場町を抜けて、しばらくののち——。

〈伊吹もぐさ〉の看板がかかる問屋を過ぎたあたりに、追分の道標を見つけて、

「こちらが、ずっと近道だ」

塗笠をしゃくるように言った。

追分というのは、街道が分岐する地点、すなわち三叉路のあたりを意味するが、元は牛馬を追い分けるところという意味で、それが地名となって全国に分布する。

そして、牛追いや馬子唄が、追分節と呼ばれるようになったのである。

ここから中山道と分かれる脇街道は、その昔に羽柴秀吉が、織田信長の後継者争いで、賤ヶ岳《しずがたけ》で柴田勝家《しばたかついえ》と対立したとき、大垣から十三里余りを、わずかに二刻半（約五時間）で駆け抜けたという、いわゆる〈美濃の大返し〉で知られる街道だ。

この脇街道を進めば、北国街道の木之本《きのもと》宿に繋がる。

この脇街道沿いには、春照《すいじょう》だとか、小田《やないだ》だとか、馬上《まけ》などと、どうにも首を傾げる地名が多い。

勘兵衛たちが昼食をとった馬上の茶屋の親父の話では、

「そら、このあたりで太閤はんが、馬の上から、柴田勝家が北ノ庄《きたのしょう》（福井）に逃げ帰るのを見て、北の負けや、と大喜びしたよってに、ここらを馬上と書いて、まけ、と呼ぶようになったんじゃ」

ている。

というのだが、にわかには信じがたい。

それは別として、この馬上の集落というのは、まことに趣《おもむき》のあるところであった。近くを流れる高時川《たかときがわ》から、縦横《じゅうおう》に水路を引いて、その水路で静かに水車がまわっている。

勘兵衛の故郷である越前大野も、城の建つ亀山の東麓《とうろく》から湧き出でる御清水《おしょうず》が町中を流れているが、それとはひと味ちがう風趣があって、ただ眺めているだけで、心は落ち着き、夏空の下、一服の涼を得る思いであった。

北国街道は、京と越前を結ぶだけではなく、加賀や越後の高田にまでも伸びていく街道である。

特に近江と越前を結ぶ街道は、織田信長の筆頭家老であった柴田勝家が、越前国を与えられて、北ノ庄の城主となったときに、信長に命じられて、越前と信長の居城、安土《あづち》の地を結ぶために切り開いた街道であった。

やがて、勘兵衛主従は、木之本の宿場町に着いた。

木之本は、北国街道と北国脇街道、さらには越前敦賀《つるが》と、湖北の塩津浜《しおつはま》を結ぶ塩津街道が交わる交通要衝の地で、古来より木之本地蔵で知られる浄信寺《じょうしんじ》の門前町として発展してきたところである。

宿場町街路の中央には水路が通されて、柳並木が風に揺れていた。

そんな街道に沿って、本陣や脇本陣をはじめとする旅籠や問屋、商舗や人馬継ぎ立ての問屋場などが建ち並ぶ。

「旦那さま、ここは、もう、近江の国でございましょうな」

八次郎が、小声で尋ねてくるのに、

「もう、とっくに近江に入っておるぞ。この木之本は彦根《ひこね》藩領になる」

「ははあ……。さようで……」

「それが、どうかしたか」

八次郎の口調に、なにやら意に沿わない気配を感じて、勘兵衛は尋ねた。

「いえ、そのう……、まだどこにも琵琶湖が見えないものでございますから」

「そりゃ、そうだ」

勘兵衛は、宿場町の西方に聳える山を指さして言った。

「琵琶湖は、あの山の先だろうな」

「すると、この先、もう琵琶湖は見えませぬのか」

「さて……?」

そのあたりになると、勘兵衛にもわからない。

これから勘兵衛は、椿坂峠《つばきさか》、栃ノ木峠《とちのき》と山越えをして越前の国に入る心づもりだったが、それらの峠から、はたして琵琶湖が見えるかどうかまでは知らなかった。

（ううむ……）

勘兵衛は、しばし考えた。

琵琶湖を見たいのか、と改めて八次郎に問いはしなかったが、見たいにちがいはあるまい。

なんといっても琵琶湖は、数かずの歴史に彩られた我が国最大の湖である。

勘兵衛は昨年、足を休めず大坂へと急いだものだが、さすがに瀬田《せた》の唐橋《からはし》では、じっくりと琵琶湖を拝んだものだ。

白帆を立てた舟が入り江に憩い、海とも見まがう水の列が、点点と白帆を浮かべながら、どこまでも広がっていたさまを、今も思い浮かべることができた。

近江の国まできたからには、八次郎もまた、琵琶湖を楽しみにしていただろう、と思えるのだ。

このまま、椿坂峠を越えて、今宵は中河内《なかのかわち》の宿場町あたりで宿をとることになろう、と腹づもりしていた勘兵衛だったが、ふと心が動いた。

思えば、これまでの道中は、予想以上に捗《はかど》っている。

それに、あるいは……？

と思うこともあった。

そこで勘兵衛は、昼下がりの街道に水を打っていた旅籠の小女《こおんな》らしいのに声をかけた。

「ちと、お尋ねするが、もしや、あの山が賤ヶ岳でござろうか」

先ほど八次郎に示した山岳を指して、尋ねてみた。

「はい。さようでございますよ」

やはり、そうか、と勘兵衛は顎を引き、

「あの頂きから、琵琶湖は望めましょうや」

すると、頬の赤い、十七、八の小女は、

「そりゃあ、もう」

にっこり笑って続けた。

「琵琶湖も、余呉湖《よごのうみ》も、きれいに見えますよ。わざわざ、それを見物に、ここまでやってこられる方も多うございます」

ふと、八次郎を見ると、どんぐりのような丸い目が、期待の色に染まっていた。

「ここからだと、往復に、どれくらいかかろうな」

「はい、二刻（四時間）も見ておけば十分でしょう」

結局、勘兵衛は半日をつぶすことにして、小女の働く旅籠に宿をとり、荷物を預けて賤ヶ岳に向かうことにした。

4

天正《てんしょう》十一年（一五八三）の三月、越前の雪解けを待ちかねたように、柴田勝家の軍隊が北ノ庄城を発進した。

このとき勝家軍の総勢は二万八千人、対して、勝家軍を阻止すべく木之本に布陣した秀吉軍は二万五千人、両軍は湖北の各所に陣地や砦を構築しながら、しばしの間、膠着状態が続いていた。

そのころ、秀吉自身は桑名城に籠城する滝川一益《たきがわかずます》を攻めていたが、勝家出兵を聞くと後事を織田信雄《のぶかつ》に託して、一旦は近江に戻ってくる。

四月十六日、滝川一益と結んだ織田信孝《のぶたか》が岐阜城下へ兵を挙げたと知って、秀吉は自ら兵を率いて美濃へ進軍したが、揖斐川の氾濫に行く手を阻まれ、大垣城に入った。

秀吉の本隊が、近江から離れたと察知した勝家は、これを好機ととらえ、佐久間盛《さくまもり》政《まさ》を将とする八千の兵が、大岩山《おおいわやま》に陣を張る秀吉方の中川清秀《なかがわきよひで》に奇襲をかけて、これを討ち取った。

　さらに岩崎山に陣取っていた高山右近《たかやまうこん》も、佐久間の攻撃を受けて、本陣がある木之本まで敗走する。

　四月二十日、賤ヶ岳の砦を守備していた秀吉方の桑山重晴《くわやましげはる》は、佐久間に攻められ劣勢と判断して撤退を開始した。

　このとき二千の軍を率いて坂本まで、琵琶湖を渡っていた丹羽長秀《にわながひで》は、異変を察知して船の進路を変更し、湖北の海津《かいづ》の湊に上陸を敢行した。

　それから丹羽軍は、賤ヶ岳を目指した。

　こうして賤ヶ岳から撤退をはじめていた桑山の軍と合流し、間一髪のところで賤ヶ岳砦を確保する。

　さらには、同日、大岩山が攻撃されたと耳にするやいなや、秀吉は本隊一万五千騎を率いて、〈美濃の大返し〉で木之本へと、一気にとって返した。

　ここに戦局は一変した。

　秀吉は、まだ美濃にある、と油断していた佐久間盛政は、大軍の出現に驚き退却をはじめたが、時すでに遅し、であった。

佐久間軍に襲いかかったのが、のちのちにまで語り継がれることになる〈賤ヶ岳の七本槍〉だ。

この七本槍とは、秀吉の側近であった福島正則《ふくしままさのり》、加藤清正《かとうきよまさ》、加藤嘉明《よしあき》、脇坂安治《わきさかやすはる》、平野長泰《ひらのながやす》、糟屋武則《かすがやたけのり》、片桐且元《かたぎりかつもと》の七人を指すが、この七人というのは、単なる語呂合わせで、実際には桜井佐吉《さくらいさきち》、石川兵助《いしかわへいすけ》も加えた九本槍というのが正しい。

福島正則は秀吉から五千石、残りの八人はそれぞれ三千石の恩賞を受けた、と記録がある。

それは余談としても、興味深いのは、この七人のうち、糟屋武則を除く六人が、のちの関ヶ原の戦いの際には、揃って徳川家康側についたことだ。

そして平野長康を除いた五人が、徳川政権下で大名となった。

そのうち、明治維新まで大名として生き残ったのは脇坂家だけで、残りの家は、ことごとく早くに改易《かいえき》の憂き目に遭っている。

なお大名にはなれなかった平野長康は五千石の旗本として、明治まで家を存続させ、唯一西軍についた糟屋武則は、のちに二代将軍の徳川秀忠によって、五百石の旗本として召し抱えられたものの、嫡男を関ヶ原の戦いのときに喪っていたため、死後に家は断絶した。

七本槍からはずされた石川平助のみは戦死、桜井佐吉は負傷して、秀吉の弟である秀長の臣にまわされたが、傷が元で三年後には死去したという。

いずれにせよ、〈美濃の大返し〉によって柴田勝家は、北ノ庄に敗走した。

そして三日後の二十三日には、北《きた》ノ庄《のしょう》城に火をかけて、夫人のお市《いち》の方とともに自害して果てた。

勘兵衛が、その賤ヶ岳に向かおう、と思ったのは、単に八次郎が琵琶湖を見たがっているとと知ったからだけではない。

勘兵衛自身も、大いに興味があった。

というのも、柴田家滅亡ののちの北ノ庄は、秀吉家臣の青木《あおき》一矩《かずのり》が領していたが、徳川が覇権を打ち立てたのちの慶長《けいちょう》四年（一六〇〇）に、結城《ゆうき》（松平）秀康《ひでやす》の領国となって、ここに越前松平家が誕生している。

秀康は、勝家の城跡に新たな城を築いたが、その北ノ庄城も、今は福井城と名を改めている。

越前松平家に連なる、越前大野藩の家臣としては、八十三年の昔とはいえ、賤ヶ岳の戦いは、まるで無縁ではない……。

などと、自分に言い訳をしているが、その実――。

（余呉の湖《うみ》というのを見てみたい）

というのが、本音であった。

勘兵衛が城下の家塾《かじゆく》（学問所）に入ったばかりの少年のころ、ある助講から余呉湖の羽衣伝説を聞かされたことがある。

それによると、八人の天女が白鳥となって余呉湖にやってきて、湖の畔で美しい乙女の姿に変わった。

乙女たちは羽衣を脱いで、水遊びをはじめたが、それを盗み見ている男に気づかなかった。

男は飼っていた白犬を使って、羽衣をひとつ隠したため、とうとう一人の天女は飛び去ることができなかった。

それで男の妻となり、二男二女が生まれたといい、天女が水遊びをしていた浜は、神浦《かみうら》と呼ばれている、という話であった。

（八羽の白鳥に姿を変えた天女……）

この話は、勘兵衛という少年の心に、さまざまな想像力を駆り立てて、今も深く記憶に刻まれていた。

その後にも、余呉湖は神秘的で神神《こうごう》しい湖だ、などとも人の話にも聞いている。

（よい機会ではないか）

と、その気になったのである。

宿のひとに聞くと、賤ヶ岳への登山口は塩津街道を少し入った大音《おおと》という郷《さと》にあるという。

古くから、琴糸を紡ぐ郷として知られたところという。

中国の三国時代（一八四～二八〇）、呉王朝《ご》は晋《しん》に滅ぼされ、呉の民たちは逃げまどった。

朝鮮半島から日本海に出て、我が国の若狭湾あたりに上陸した一団もある。

そんな呉からの民が、養蚕や絹織物の技法を我が国に伝えたのだ。

近江には、そんな足跡が、あちらこちらにちりばめられている。

大音の郷で紡がれる絹糸は〈伊香具《いかぐ》の糸〉と呼ばれて、冠の紐などを朝廷に貢納《こうのう》していたが、やがて琴糸や三味線糸などの一大産地となった。

だから、余呉湖の名は、そんな渡来人たちに由来するものかもしれない。

水上勉《みなかみつとむ》の『湖《うみ》の琴』では、余呉湖一帯を舞台にした糸取り女工の悲恋が描かれているが、女工たちが口ずさんだ〈大音《おおと》糸引き唄〉は、現代にも伝わっている。

それは——。

賤ケ岳から流れる水で
糸を引きます琴糸の
音に名高い琴糸なれば
賤ケ岳から鳴り響く

と歌われる。

相変わらず、寄り道をした。

勘兵衛たちは、さっそく塩津街道を伝って大音へ向かった。

この塩津街道は、平安時代の初期から、越前・加賀・能登《のと》・越中・越後諸国などから米や魚介などの北国貨物を、京や上方まで運び、戻りには陶磁器や反物などを運搬する交通の大動脈であった。

貨物は塩津浜まで陸路で運ばれたのちは、丸子船《まるこぶね》で、大津まで湖上を行くのである。

だが四年前に、敦賀・塩津・大津を経由することなく、瀬戸内海を通って直接に大坂に物資を陸揚げさせる、北前船《きたまえぶね》を使った西廻り航路が開かれて、人馬の行き来が少しずつ減ってきている。

それでも勘兵衛たちが通る塩津街道は、まだ賑わっていた。

このころ塩津浜には、二百石から四百石積みの大丸子船が百二十五艘もあって、殷賑を極めていた。

だが現代では、今やそのよすがすらない。

かつての栄華は、古い町並みが伝えているが、港は跡形もなく、さらばえた石垣が水際に残るのが、わずかに往事を伝えるくらいである。

5

道道、八次郎が語りかけてきた。

「旦那さまは、余呉湖の羽衣伝説をお聞きになったことがございますか」

「あるぞ。八女《やおとめ》が白鳥《しらとり》となって天より降《くだ》ったという話だろう」

「あれ、わたしが聞いたのとはちがいますな」

「そうか。おまえのは、どんな話だ」

少年のころとはちがい、今の勘兵衛には、伝説というものが、千変万化《せんぺんばんか》に姿を変えて、さまざまな話に変わっているのを知っている。

「京の豪商で桐畠《きりはた》太夫というのが、訳あって都を逃れ、余呉の湖に逃れてきたところ、羽衣を柳の木に掛けて、水浴《みあみ》をしている天女を見つけて……」

やはり羽衣を隠して、天女を妻としたところまでは同じだったが、

「で、生まれた子供が菅原道真《すがわらみちざね》だそうで……」

思わず、勘兵衛は噴き出した。なんとも荒唐無稽な話である。

すると八次郎もムキになって言う。

「いえ、たしかに手習いの師匠に、そう教えられました」

「わかった、わかった。お、ほら、ここからが賤ヶ岳への登り口だ」

木片に墨で書き付けた杭が、方向を示していた。

ついでながら、八次郎が話した余呉湖の羽衣伝説は、余呉町川並《かわなみ》の桐畑家に伝わった〈桐畠太夫縁起〉という古文書に記されているそうだ。

真夏だが、湖が近いせいか、いい風が細道を吹き下りてくる。

樹木が生い茂り、右も左も見通しの悪い急斜面がくねくねと延びるのを、勘兵衛たちは一気に登った。

賤ヶ岳は、百四十丈（約四二〇メートル《メートル》）ほどの低山で、すっかり戦跡として有名になってしまったが、元はといえば山自体が湖北の、特に〈伊香《いかご》の小江《おえ》〉の鎮《しず》め神であった。

伊香の小江とは、余呉湖の古名である。

低山ながらも岳と呼ばれるのも、そのあたりに理由があるらしい。

竹藪に埋もれるように、多くの古墳らしいものがある。

そんな古墳に混じって、ところどころ、塚やら五輪の塔などが築かれているのは、先の戦いで命を落とした武将たちの墓であろうか。

そんな塚に出会うたび、片手拝みをしながら足を進めていた勘兵衛が、

「待て」

立ち止まって、八次郎を制した。

なにか、異様な気配を感じたのである。

「は……？」

訝《いぶか》しげな声で、八次郎が立ち止まったとき――。
五、六間（約一〇米《メートル》）とは離れぬ先で、ガサガサと藪音を立てて、一頭の猪《いのしし》が現われた。
「や！」

八次郎が声を出すのに、

「目を見るな。ゆっくりと後ろに下がるのだ。背は見せるなよ」

勘兵衛は口早に言って、ゆっくりと後退をはじめた。

まだ若い猪のようだが、牙があるから雄であろう。

要は、相手を興奮させないことが肝要なこと、と勘兵衛は知っている。

故郷でも、ときおり人里まで姿を現わす猪がいた。

まちがえても、棒を振り上げたり、石を投げたりしてはいけない。

猪は本来、臆病な性質だが、突進してくる力は強く、また噛みつきもする。

猪のほうも、思いがけずひとに出会って、どうすればよいかわからない、といった様子で、勘兵衛たちを見つめていた。

八次郎を背に庇うようにして、五、六歩ばかり下がったところに楓《かえで》の老木があった。

勘兵衛は、すっと、その老木の陰に身体を入れた。

ややあって、再び、ガサガサと藪音がした。

顔を覗かせると、猪の姿は消えていた。

去ったようだ。

「いや、驚きました。あれは、やはり、猪ですか」

八次郎が目を丸くして言う。

どうやら、初めて猪を見たらしい。

再び、山頂を目指しはじめたところ、ふと眼上を黒い影がよぎった。

見上げると、大鷲が悠悠と空を行く。

その脚にがっしと、白い小動物をつかんでいる。

「あれは兎《うさぎ》ですか」

再び八次郎が目を丸くしたのに、

「そうらしいな」

ふと弱肉強食、ということを勘兵衛は心に浮かべていた。

かつての群雄割拠の戦国時代――。

力のある大名は、隣国の小名を襲って領地を略奪し、その勢力を伸ばした。

戦いに明け暮れる日日のなかで、領地を奪われぬために軍備を増強しようとすれば、領民の年貢を重く取り立てることになり、食べていかれなくなった農民は夜盗となって、さらに弱者から物品をかすめ取る。

（おぞましいことだ……）

戦《いくさ》もなく、太平の世になって久しいが、形を変えながら弱肉強食は、今もある……。

山道を登りながら、勘兵衛はそんなことを考えていた。

ひとは歩くとき、さまざまなことを頭に浮かべるものだ。

と――。

いきなり前方に、展望が開けた。

尾根に出たらしい。

頂上は、すぐそこであった。

（ほう）

思った以上に、人影がある。

勘兵衛たちは、誰ともすれちがわなかったが、琵琶湖や余呉湖の方面から、尾根づたいにきた見物客たちのようだ。

山頂は、けっこうな広さがあって、茶屋までが建っている。

さっそくに、ひとが集まる茶屋横へと向かう。

（おう！）

眼下に、紺碧の湖があった。それが、余呉湖らしい。

まことに神秘的な色合いの水面に、空の雲が漂うように映っている。

「いや、絶景……」

つぶやくような声で八次郎が言った。

観る者を誘い込むような魔力さえ感じさせる湖面の上を、川鵜たちが群れをなして舞っている。

勘兵衛は、少年のころに聞いた伝説を信じたい気分にさえなった。

次に左手のほうに移動すると、逆落としのようになだれこむ地形で、眼下に琵琶湖が広がっていた。

思うに、この賤ヶ岳が、琵琶湖と余呉湖の間に割って入った形だが、実際のところは二つとも、大昔に断層運動でできた陥没湖なのである。

白帆を張った丸子船や、無数の漁船が見える。

湖に、丸く浮かぶ竹生島《ちくぶじま》も望まれた。

だが琵琶湖は、あまりに大きすぎて、その全容まではわからない。

「まるで、海のようでございますな」

正直すぎる感想を、八次郎が漏らした。

勘兵衛たちが眼にしている、賤ヶ岳からの眺望は、おそらく現代では、もはや望めまい。

湖岸には道路が巡らされ、干拓によって湖岸も大きく変貌していよう。

なによりも帆船が消えた。

それはともかく、こうして、きょう半日をつぶしたことが、こののちに起こる騒動のきっかけになろうとは、想像だにしない勘兵衛たちであった。

北陸街道行《かいどうこう》

1

翌朝に木之本を出発したころには、さほどでなかったが、柳ヶ瀬《やながせ》村にある彦根藩の関所を通るころから、だんだんに暑さが増してきた。

太陽が、容赦のない炎熱を送り続ける。

「暑い一日になりそうですね」

椿坂村を過ぎ、椿坂の峠道を登りはじめて、八次郎が言った。

「うむ。なにしろ、明後日《あさって》が大暑だからな」

一年で、もっとも暑いとされる日であった。

まさに炎暑の候だが、幸いにも鬱鬱《うつうつ》と繁る樹林が、朱夏の太陽を遮っていた。

それでも汗まみれになって、峠を越えた。

峠を下り、本来なら、昨夜に宿泊するはずだった中河内宿が見えはじめたところに、樋《ひ》を伝う湧き水があり、親切にも柄杓《ひしゃく》まで添えられていた。

「や、これはありがたい」

大いに冷たい水だったので、喉を潤したあと、打飼いを下ろし笠も取り、ともにもろ肌を脱いで汗を拭った。

ついでに、瓢の水も入れ替えた。

「いや、さっぱりとした」

「はい、生き返った心地がいたします。どうでしょう、少し早いですが、ここらで昼飯など……」

「宿場町は目前だが、茶屋に寄らずともよいのか」

「いやいや、茶屋の生ぬるい茶などより、こちらの水のほうが、よほどにうもうございます」

「それもそうだな」

葉を茂らせた椿の木陰で、宿に用意させた握り飯の包みを解いた。

今にして気づいたが、付近には椿の木が多い。これが椿坂峠の名の由来であろう。

握り飯に、小魚の甘露煮《かんろに》が添えられている。

その甘露煮を食って、八次郎が言う。

「こりゃ、うまいな。ワカサギとは違うようですが……」

「たぶん、鮎の稚魚だろう」

「なるほど……さすがに近江ですね」

「ふむ。ところできょうは、もうひとつ峠を越さねばならぬぞ」

「承知しております。栃《とち》ノ木峠でございましたな」

「それを越えれば、越前の国に入る」

「いよいよでございますな」

「うむ……」

近江と越前の境界に跨る山山は、昔からこしの大山《おおやま》と呼ばれて、雪も深いし、嶮《けわ》しさもまたひとしおであった。

古くは万葉集にも――。

　み雪ふるこしの大山行きすぎて
　　いずれの日にかわが里を見む

と詠まれているし、越後へと落ちのびるとき親鸞上人《しんらんしょうにん》は――。

こし路なるあらちの山にゆきなやみ
　足も血しほに染むるばかりぞ

と、その旅路の苦しさをうたっているのだ。

それも、あとわずか、もう、目と鼻の先だ、と勘兵衛は思った。

2

栃ノ木峠の名は、栃の大木が多いところから名づけられたのであろう。

峠道は南北に続く深い谷間の、西側の稜線を切通しに刻みつけた道だ。

だから、左からは押しつぶすように山塊が迫り、右手は急斜面の谷となって、目をくらませる。

だが谷底は生い茂る樹木に阻まれて、その深ささえ見当がつかない。

このようなところに、道幅三間（約五・五メートル）の峠道を切り開いたのは、やはり柴田勝家の功であろう。

などと、勘兵衛は考えながら進む。

それはともかく、暑さもさりながら、閉口したのが蟬の声である。

椿坂峠では、それほどでもなかったのに、栃ノ木峠にかかったころから、だんだんに油蟬の大合唱がはじまった。

なにしろ一本の幹や枝に、目白押しの状態でうようよといる。

それでなくともくそ暑いなか、わんわんと響く蟬の声に、

「いや、どうにもうるさくて、たまりませぬ」

八次郎が、ぼやいた。

「仕方あるまい。鳴くのが仕事だ」

といなしつつも、あまりのやかましさに、勘兵衛の足も自然に速まった。

おかげで、再び汗まみれになった。

ようやく峠も上りきろうかといったあたりの少し手前に、鄙《ひな》びた茶店があった。

時刻のせいか、蟬の声もようやく静まってきている。

入母屋《いりもや》の茅葺《かやぶき》屋根が苔むした茶店のすぐ奥に、ひときわ大木の栃が聳え立っていて、

いかにも森に溶け込むかのような風情《ふぜい》が涼しげに見えた。

「一服するか」

「は、できますれば……」

足を急がせてきたせいで、八次郎の声があえいでいる。

さすがに勘兵衛も、わずかに疲れを覚えていた。

瓢の水も、いつしか残り少ない。

おそらくは、手作りであろう。皮付きの木材で、荒荒しく組まれた床几《しょうぎ》に腰を掛け、手拭いで汗を拭いながら、ひょいと見ると、傍らの幟《のぼり》に〈名物今庄《いまじょう》蕎麦〉とある。

今夜は、越前最大の宿場町である今庄に宿をとるつもりであったが、まだまだ、ここよりは先のはずであった。

(はて……)

出てきた茶屋の親父に、尋ねた。

「ここは、もう越前か」

「いんや。まだ近江……、ぎりぎり彦根の藩領やで。越前との境は、すぐ先の峠のてっぺんや」

「ふむ。すると、これは……」

勘兵衛が、くだんの幟を指さすと、

「ああ、それかい。越前今庄の蕎麦粉を、わしが打つんや」

「なるほど……」

どことなく、納得しがたい気分でもあったが、

「夏場は冷《ひ》やこい湧き水に晒《さら》すから、こんな日は、ええ暑気払いになりまっせ」

愛敬のある眼をした茶屋の親父にそう言われると、そんな気にもなってくる。

なにより小腹も空いていた。

「どうする？」

八次郎に尋ねると、

「いただきましょう」

眼を輝かせている。

「じゃ、二枚もらおうか」

言うと、

「へ？」

ことばつきはぞんざいだが、どこか愛敬のある親父は、すっとぼけた声を出して、

「ああ、お江戸のお方でんな。ここらは、一杯、二杯というんやが……」

冷えた蕎麦と言うから、ついざる蕎麦を思い浮かべたのであるが……。

ということは、ざる蕎麦ではないらしい。

「そうなのか。じゃあ二杯頼もう」

いったい、どんなものが出てくるのか。

やがて、えらく大きな木製の汁椀が出てきた。普段に見る汁椀の倍ほども大きい。

親父が椀入りの蕎麦を置いて去ったあと、八次郎が小声で言った。

「おろし蕎麦のようですね」

「そのようだ」

椀には黒い切り蕎麦に出汁《だし》を張り、おろし大根と刻みネギが、たっぷりと乗せられ、わずかに蕎麦の実が散らされている。

さっそくに蕎麦をたぐった八次郎が、
と言った。

「うむ」

勘兵衛は、木椀《もくわん》の木目《もくめ》の美しさに見とれていた。

轆轤《ろくろ》で削られた木椀は、焦げ茶や薄茶の木目がくっきりと浮かび、薄く漆がかけられている。

「ふむ」

一口啜り込むと、ほどよく冷えていて、するりと喉を通った。

出汁は江戸とは違い、色淡く、やや甘辛かった。

しかし、おろし大根の辛みと溶けあって、ほどよい味わいとなっている。

延宝のこのころ――。

江戸では、そろそろ〈地回り物〉（関東周辺から江戸へ入る品）の醬油が出まわりはじめていたが、圧倒的に上方からの〈下《くだ》り醬油〉に頼っていた。

ところが、この〈下り醬油〉、米一升が二十七、八文、伊丹《いたみ》の極上の酒が一升八十文に対して、百八文と馬鹿高い。

これでは庶民の口に入るはずもなく、江戸の蕎麦屋の汁といえば、よほどの高級店を除けば、煮干しの出汁に醬《ひしお》と味噌を溶いたものであった。

蕎麦の実を嚙みつぶすたびに、口中に蕎麦の香りが広がる。

「うまいでは、ないか」

と言ったときには、八次郎は早くも、両手に抱え込んだ木椀を傾けて、最後の出汁を飲み干すところだった。

相変わらずの早食いにあきれながら、

「もう一杯食うか」

水を向けると、

「旦那さまは」

「俺はこれで十分だが、もう一杯だけだぞ」

「は」

答えるなり、八次郎は後ろを振り向き、

「おい、親父、もう一杯頼む」

八次郎が声をかけた。

やがて、追加の椀を運んできた親父に、「これは、見事な木椀だが、このあたりで作られるのか」

尋ねてみた。

以前に、どこかで、轆轤師《ろくろし》とも呼ばれる木地師《きじし》の発祥は、この近江だと聞いたことがある。

八次郎に、新たな蕎麦椀を渡しながら親父は答えた。

「この峠を越前のほうに下ったところに、酌子屋《しゃくしや》村という木地師だけの村があるんや。それで、この辺《へん》では、酌子峠《しやくし》とも呼ばれとる」

「なるほど、その村で作られたものか」

「ああ、なにしろ、このあたりには、栃ノ木が腐るほどあるからな」

栃材で作られた椀らしい。

余談ながら木地師には、先祖が惟喬《これたか》親王であるという誇りがあって、百姓や町人とは交際を絶って、弟子もとらない。

婚姻も木地師同士で結ばれ、万一にも木地師以外と結婚すれば、勘当されるのが掟だったという。

近くに湧き水があって、そこから懸樋《かけひ》で水を引いていると言うので、瓢に湧き水を満たしてもらってから、いよいよ峠を越えた。

越前の国に入ったのだ。

峠の頂きからは、左右からなだれ落ちてくる山稜が作る谷間の全貌が開け、はるか彼方には、越前富士といわれる日野山が望まれた。

峠道を下りはじめてすぐに、一里塚が建っていた。

塚に植えられているのも楠ではなく、栃ノ木なのであった。

そろそろ夕暮れが近づきつつある。

そのころには急坂が、だんだんとなだらかになっていき、やがて藁葺き屋根の集落があった。

これが、茶屋の親父が言っていた木地師の村であろうか。

さらに下っていくと、幅三間（約五・五メートル）の街道が石畳に変わったと思ったら、前方に関所が見えてきた。

板取《いたどり》関所といって、広壮な門構えの内に間口が三間、奥行も三間の平屋建て役所が三棟ある。

ここに福井藩の役人と足軽が三人ずつ常駐し、弓矢、鉄砲、具足も備えて警戒に当たっていた。

今宵の宿となる今庄宿は、関所の先、板取村の、まだ先になる。

京より福井をめざす旅人の多くは、勘兵衛たちのように栃ノ木峠を越えるが、敦賀に立ち寄り、山中峠や木ノ芽峠越えを選ぶ者もある。

だが、そのいずれを選ぼうとも、必ず通過しなければならないのが今庄の宿場町であった。

つまり今庄宿は、越前国、南の玄関口にあたる。

だから、そこへいたる三本の道筋に、それぞれ往来の者を詮議する関所が置かれたのは、越前松平家の家祖である結城秀康以来のことであった。

関所と書いたが、正確には口留番所《くちどめ》といって、幕府が公的に設置した関所に対し、諸藩が自領と他領を連絡する水陸の要所に設置した、関所に類したものである。

おおむね、入国よりは出国の検察が厳しい。

特に、国の特産品の物資移出に眼を光らせているためだ。

勘兵衛たちは、難なくこの関所を通過して、まだ陽が残るうちに、山峡《やまかい》に広がる今庄の宿場町に入った。

そろそろ盛りを過ぎた一叢《ひとむら》の山紫陽花《やまあじさい》の花が二人を迎えた。

この宿場町は、街道沿いに南から北へ上町、観音町、仲町、古町、新町の五つの町が連なって、およそ十町（約一キロメートル）ほども続く、越前でもっとも繁華な宿場町だ。

往来の人通りも多い。

なにしろ、参勤交代で、福井藩主をはじめ、勘兵衛の主君の大野藩主も、丸岡、勝山などの藩主や加賀藩主も通過したり、宿泊をするところであった。

宿場町に建ち並ぶ建物は切妻《きりづま》、平入り、本卯建《うだつ》と、それぞれに趣向を凝らしている。

とはいうものの、豪雪地帯のため屋根を支える梁《はり》は太く、軒先から無粋に突き出していて、雪国独特の造りが、野趣豊かな街並みを形成している。

旅籠女《はたごめ》たちの、さかんな呼び込みを受けながら、勘兵衛たちはゆるやかな坂を下っていった。

主君が宿泊するのは、仲町にある本陣だと松田から聞いている。

それを一目、見ておきたかった。

「ふむ。これか」

「いや、さすがに立派ですね」

規模といい、玄関付きの門構えからして、そこいらの旅籠とは比べものにならない。

さらに、この仲町には脇本陣が二つあって、内のひとつは加賀の殿さまが利用するので、加賀本陣とも呼ばれている。

ちなみに本陣や脇本陣は、格式のある有力な家から選ばれて、大名や旗本、幕府役人、勅使《ちょくし》、宮《みや》、門跡《もんぜき》などの宿泊所として指定された家だから、一般の者を泊めることはない。

「さて、では、宿を決めようか」

再び熱心な呼び込みに応じて、旅籠を選んだ。

さっそくに、足をすすぐ水盥《みずたらい》が運ばれてくる間に、宿の番頭らしい男が言った。

「ようございました。あと、二日ばかりもしましたなら、この宿場も白山詣《はくさんもう》での客たちであふれて、ろくなおもてなしもできぬところでございましたよ」

「白山詣で……？」

一瞬、首を傾げた勘兵衛だったが、

「ああ、勝山《かつやま》の平泉寺《へいせんじ》白山神社のことか」

「はい。七日後の十八日が祭礼でございましてね」

「ふうむ。そうであったか……」

越前勝山の平泉寺は、かつては坊数六千、僧兵八千人を擁する巨大な宗教都市を形成したところであったが、今は越前における白山信仰の拠点となっているところだ。

そうと聞いても、特に勘兵衛のうちに特別な感慨はなかったのだが……。

実は、奇《く》しき縁があったのだ。

というのも、ちょうど三年前のこの六月に……。

正確には六月二十日のことであったが、白山神社の祭礼も終わったあとに、この今庄の宿場町は、戻り客たちで賑わっていた。

その日――。

勘兵衛たちが草鞋を脱いだ宿の、まさに真隣りの旅籠に、一人の若い武士が客で入ったのである。

それが福井藩、前藩主であった松平光通《みつみち》の隠し子であった松平権蔵《ごんぞう》——今の松平直《なお》堅《かた》であったのだ。

権蔵は、そのとき故郷を出奔して、大叔父にあたる松平直良、すなわち勘兵衛の主君を頼って、江戸へ向かおうとする途次であった。

だが、あとを追いかけてきた福井藩士の堀十兵衛《ほりじゅうべえ》に、見つけ出されてしまった。

だが権蔵は、その堀十兵衛を出し抜いた。

その結果、堀十兵衛は隣りの旅籠の一室で腹を切って果てたのだ。

しかし、そんなこととは、勘兵衛はつゆ知らない。

静かに暮れゆこうとする、山峡の宿で疲れた足を休めながら——。

(あと、二日)

三年ぶりの帰郷に思いを馳せていた。

3

翌日の、大暑の節気にあたる六月十二日の目的地は、福井城下であった。

今庄から約八里(三二キロメートル)、その間に通過する宿場町は、順番に湯尾《ゆのと》、鯖波《さばなみ》、脇《わき》本《もと》、今宿《いまじゆく》、府中《ふちゆう》、上鯖江《かみさばえ》、水落《みずおち》、浅水《あそうず》、花堂《はなんどう》の九宿である。

なお現代では湯尾は〈ゆのお〉と読むが、江戸時代の各種の道中細見図には〈ゆのと〉とあることをお断わりしておく。

さて、今庄の宿場町を出ると、すぐに小さな峠にかかる。湯尾峠という。

相変わらず蟬の声はうるさいが、きょうも好天に恵まれたのが幸いだ。

この峠の頂きには、かつて湯尾城という山城があって、古来より、たびたび戦場となったところである。

峠道のあちこちに、石塁や石組が残っているのが古城の残骸であろう。

前にも後ろにも、多くの旅人が通る。

ずいぶんと、交通量のある峠道だった。

なかには、馬子に引かれる馬の背に跨《また》がった旅人もいる。

若い勘兵衛主従は、次つぎとひとを追い越した。

峠の頂きは広場となっていて、茶屋が六軒もあった。

まだ朝も早いので、立ち寄る客も少ない。

峠の眼下には湯尾の宿場町があり、その先には平野が広がっている。

夏雲が湧き上がる大空の下を、平野を蛇行する大河が、朝日をはじき返していた。

峠を下りて入った湯尾宿の中央には、湯尾谷川が流れ、宿場の町並みは川を挟んで建ち並んでいた。

存外に大きな宿場なのは、今庄宿が混み合ったときの控えとなるからだろう。

ここにも、加賀藩本陣を掲げる家があった。

先ほどらい、八次郎の眼が、さかんに商舗のほうへと行き来する。

建ち並ぶ茶屋に、〈名物とろろ汁〉とか、〈名物ゆのと餅〉などの立ち幟が踊るせいだろう。

「ええと……」

ついに、八次郎が言った。

「ちょいと、おやつの準備を、とも思うのですが……」

「好きにしろ」

苦笑しながら、勘兵衛は答えた。

朝飯に、ぺろりと五杯はたいらげたばかりだというのに、八次郎の食い意地は、とどまるところを知らない。

そんな八次郎に、勘兵衛は――。

――よいか。武士《もののふ》というのは、食うために働くのではない。働くために食うのだぞ。

父の孫兵衛から、さんざんに聞かされたせりふを受け売りしたものだが、もう今ではすっかりあきらめている。

きょうの道程は八里ばかりだから、時間の余裕なら十分にある。

どんな餅かと、塗笠を掲げて眺めると、竹串に団子を三個素焼きしたものに、味噌だれを塗ったものだった。

「とりあえず二本くれ」

八次郎は、手渡された串を両手に持って、

「ちょいと味見を……。熱いうちが、よろしいかと……」

一本を勘兵衛に手渡してきた。

「すまぬな」

「どれどれ」

さっそく八次郎が食いつくのを見て、勘兵衛も食した。

素朴な味は、五平餅のようなものだ。

八次郎も気に入ったようで、

「十本包んでくれ」

八次郎が言うのに、勘兵衛はややあきれた。

もちろん勘兵衛の分もあろうが、大方は八次郎の腹に入るにちがいなかった。

八次郎は打飼いを下ろし、きょうの昼弁当となる竹皮包みの塩握りを、さらに包んでいた油紙を開いて、渡された新たな竹皮包みを一緒にして丁寧に包み直した。

「どうも、お待たせいたしました」

打飼いを背負い直して、八次郎が言う。

二人して、湯尾谷川沿いに街道を北へ北へと進むうち、やがて栃ノ木峠あたりを分水嶺として発した孫谷川《まごたに》や、板取川やらを集めて川幅が増してくる。

それが鯖波の宿場を過ぎるころには、堂堂たる大河の風貌を見せはじめた。

日野川である。

周囲には田畑が広がるが、まだまだ原野もあろう。

そんななか、湧き上がる雲を背にした日野山が、行く手にすっくと立ち上がっている。

西に連光坊山《れんこうぼうざん》が迫り、菅谷《すげたに》坂から下ってきた若狭道《わかさみち》が合流してくるあたりが、

うぐいすの啼きつる声にさそはれて
ゆきもやられぬ関の原かな

と古歌に詠われ、のちに松尾芭蕉が『奥の細道』にも記した、〈鶯《うぐいす》の関〉とも呼ばれる名勝地の〈関《せき》が鼻《はな》〉で、すぐ街道脇を日野川が流れる。

さて、脇本の宿場町を過ぎれば、今朝には遠くに見えていた日野山も、だんだんに右手に近づいてきて、ついに背後へと消え去るあたりに今宿がある。

（いや、暑い……）

勘兵衛は、ときおり瓢の水を含みながら、そう思っている。

しかし、口には出さない。

この旅の途中から、

――よいか。暑い、と言うたときは、お互い、一回につき、十文の罰金だぞ。

と、八次郎に申し渡していた。

暑い、暑いを連発されると、さすがにうんざりするからだ。

すでに三十文を勘兵衛に巻き上げられている八次郎も、それに懲りて、さすがに暑いとは口にしない。

まもなく通過する今宿は、ずっと古くからの地名で、現代では、越前市今宿町というかたちで、名を伝えている。

ちょいと前までは、武生《たけふ》市今宿町であったが、いつの間にか今立町《いまだてちょう》との合併で、越前市と名が変わった。

周囲には、越前町やら南越前町やらがあるから、紛らわしいこと、このうえない。

この国の役人ほど、ころころ地名を変えるのがお好きな人種はいなくて、歴史的な由緒などはお構いなしだから迷惑このうえない。

その結果——。

〈あきるの市〉とか〈ひたちなか市〉とか〈西東京市〉とか〈四国中央市〉などの、はてなの都市が急増し、〈南あわじ市市市《しいちいち》〉なんぞの、誤植かとも思える地名も誕生する。

しかし、これは近ごろにはじまったことではない。

山梨県韮崎《にらさき》市に、清哲町《せいてつまち》というところがある。

昭和二十九年（一九五四）の十月以前は、北巨摩郡《きたこまぐん》清哲村といったそうだ。

この村のネーミングについて、柳田国男が『地名考』で、次のように嘆いている。

曰《いわ》く——甲州の北巨摩郡《きたこまぐん》に、水上《みずかみ》、青木《あおき》、折居《おりい》、樋口《ひのぐち》の四つの大字《おおあざ》で、水と青を合わせて「清」、折と口を合わせて「哲」、清哲村とした。これなどは、他日、清哲という坊さんでも開いたということになるかもしれない——と。

合併した四つの地名の漢字を合成して作り上げた地名ということになる。

しかし、東京都の大田区を、〈大森区〉と〈蒲田区〉を合併させて作ったのよりは、少し芸が細かい。

それゆえ、清哲町と名づけたお役人は得意満面だっただろうし、幸いなことに、山梨県韮崎市清哲町水上、といった具合に、四つの大字の地名を残しただけでも上出来かもしれない。

完全に消えた地名は数限りない。

代代をそこで暮らしてきた住民には、よほどに悔しい思いがしたであろう。

たとえば大阪府吹田《すいた》市の江坂町《えさかちょう》近辺は、平安時代以来の東寺《とうじ》の荘園だった〈榎《えのき》坂郷《さかごう》〉があったところだ。

その榎坂が、どうやって江坂に化けたものか。

またそのすぐ近辺の、現代《いま》も古い町並みをよく伝え、由緒を秘めた蔵人村《くろうどむら》などは、完全に抹殺されてしまった。

4

脱線ついで、というわけではないが、勘兵衛たちが今宿を通過したのちに入った府中は、古代に越前の国府が置かれていたところだ。

ここには、前田利家《まえだとしいえ》が築いた越前府中城がある。

結城秀康が越前一国の領主となったときに、徳川家康から付家老として付けられた本多富正《ほんだとみまさ》が、三万九千石でこの平城に入って、北ノ庄城（福井城）の出城とした。

勘兵衛が立ち寄ったころは、三代目の本多長員《ながかず》が城主であるが、まだ八歳と幼少で、江戸屋敷に住んでいる。

これより十年ののち、福井藩が〈貞享《じょうきょう》の半知《はんち》〉の処分を受けて、藩領を半減させられたときには、そのとばっちりで二万石に減らされたが、それはまた、のちの話――。

というわけで、府中は、これまでの宿場町とは違って城下町である。

周囲は武生盆地のまっただ中で、そこを日野川が貫流して、やがては九頭竜川《くずりゅうがわ》と合流して、三国湊《みくにみなと》のところで日本海に流れ出すのだ。

その日野川から引かれた水が、見事な石組みに築かれた運河となって城下町をめぐり、運河に沿って柳並木が風にそよいでいる。

その風景のあでやかさは、酷暑の下を歩き続けてきた勘兵衛たちに、一息つかせるものがあった。

「どうだ。ここらで昼飯といくか」

言った勘兵衛に、

「そういたしましょう」

八次郎も、ほっとしたような声を出した。

「さて、どこがよかろうか」

「城のお濠端《ほりばた》なんかはどうでしょう」

「ふむ、そうだな」

府中城は、街道筋の、すぐ西側に見える。

現代では、越前市役所（以前は武生市役所）となって、〈越府《えっぷ》城址〉の石碑を残すのみだ。

「それより、少し日野川の近くまでいかんか」

と勘兵衛が言ったのは、城の役人にいちゃもんをつけられる可能性も考えたし、できれば城下町を少しはずれた、閑静な場所でくつろぎたかったからだ。

それで、勘兵衛主従は、東の日野川へと向かう運河に沿って歩きはじめた。

三町（三〇〇メートル）は行かないうちに、柳並木と石組みの運河は、やや幅広い取水口へと広がっていった。

行く手の川土堤に、大きな松が枝を広げている。

「あそこでどうだ」

「よう、ございますね」

二人松蔭《まつかげ》に寄って打飼いを下ろし、土堤に腰掛けた。

襟元をくつろげると、ほどよい川風が頬をなぶる。

二町（二〇〇メートル）ばかり西の、日野川に近い土堤筋に規模の大きな舟積場があって、舟が七艘ばかりも寄り集まっていた。

舟人足たちが、荷駄で運ばれてきたらしい米俵を次つぎと舟に積み込んでいる。

やがて米俵を満載した舟は日野川方向に漕ぎ出し、次の待ち舟に荷役《にやく》がはじまる。

そんな様子を見るともなく見ながら、勘兵衛たちは、庄内の旅籠で作らせた塩握りの昼食を摂った。

「まだ、あったかいですね」

八次郎が言うのに、勘兵衛はことばを選んで答えた。

「打飼いのなかで、ずっとぬくもっていたのだからな」

八次郎にすれば、勘兵衛に〈暑い〉と言わせたかったのだろうが、その手は食わない。

打飼いのなかで、炎暑に炙られた八次郎の弁当は、溶けて流れ出した〈名物ゆのと餅〉の味噌だれで汚れていた。

――食い物は、必ず油紙に包むのだぞ。

この旅に際して、出しておいた指示は、やはり正解であった……と勘兵衛は思っている。

でなければ、替えの肌着や、故郷への土産物が味噌臭くなるところであった。

味噌といえば、塩握りに添えられた菜《さい》は細牛蒡《ほそごぼう》の味噌漬けで、とても塩《しょ》っぱいものだった。

きょうの炎暑は、流れ出た汗が、たちまちに乾くほどのものであったから、塩分補給にはもってこいのものだったといえる。

「さて、では、おやつとまいりましょうか」

昼弁当を平らげてすぐ、八次郎が〈ゆのと餅〉の竹皮を開いた。

「旦那さまも、どうぞ」

「うむ。では……」

八次郎につきあって、指先で一本をつまんだ。

（うーむ……）

まだ生温かいのを歯でしごいて食べはじめたのだが……。

最初に食べたときの、うまさがないし、少し固い。

妙にぱさぱさして、だれた味だ。

やはり、焼きたてがいちばんうまいのだ。

八次郎も、妙な顔色になっている。

あまりに気の毒なので、勘兵衛は感想を漏らさないことにして、残りの餅も歯でしごきとった。

と——。

舟積場のほうから、騎馬が土堤上を駆けてくる。

かっ、かっ、かっと鳴る蹄《ひづめ》の音に異様な殺気を感じた勘兵衛は、手にした空串《からくし》を放り投げるなり、立ち上がった。

瞬時に足場を探り、身構える。

すると——。

距離をややおいたところで馬は止まり、馬上の役人らしい武士が、

「おおっ!」

うめくような声を出した。

(はて……?)

馬上の武士は堂堂とした体軀だが、ゲジゲジ眉が額にせり出しているような悪相であった。

(なにやら、見覚えのある……)

すでに殺気も消えていたので、身構えを解きながら勘兵衛は思った。

ちらりと見ると、八次郎は松蔭に身をひそめていた。

そのとき、ようやく勘兵衛は、馬上の男に心当たりがついた。

「佐治《さじ》……彦六《ひころく》どのか」

言うと、男は馬から下りて、

「やはり、無茶勘か」

小さな丸い奥目を、しょぼしょぼとまたたかせた。

(昔と同じだな)

その所作に、勘兵衛は思わず苦笑いした。

あれは勘兵衛が十一歳の秋のことだから、もう一昔《ひとむかし》も前のことになる。

故郷の家塾で、勘兵衛は、この佐治彦六に呼び出されたことがある。

そのとき彦六は、勘兵衛より五歳年長であったが、今と同じように、さかんに目をしょぼつかせたものだ。

そう、佐治彦六は、勘兵衛と同郷であった。

（たしか、馬廻り組の次男だと聞いていたが……）

そう思いながら勘兵衛は、

「これは奇偶だな。だが、こんなところでなにをしておる」

「いや……。それがの……。人足の親方が、怪しき二人連れが物見をしている、などと申したもので……な。一応、確かめにまいったのだ」

「怪しいとは、また迷惑な言いがかりだ。我ら、これより帰郷の途にあってな。ただ、ここにて中食《ちゅうじき》をとっておったまでのこと。連れは、新高八次郎というてな」

そのときには、勘兵衛のそばに立ち上がっていた八次郎が、

「落合勘兵衛さまの若党、新高八次郎と申します。以降、お見知りおきくださいますよう」

声を張り上げて挨拶した。

「さ、さようか。いや、これは失礼をした。いや、落合どの、拙者は養子となって、今は広畑《ひろはた》彦六と申すのだ」

軽く頭を下げつつ、彦六は言った。

「ほう。さようであったか」

答えつつも、

（さて、広畑……）

聞き覚えのない名だった。

それが、この府中で、なにゆえに米を船積みしているのだ……。

不審を感じはじめたとき、彦六が言った。

「いや、実は、拙者は、西潟《にしがた》陣屋に勤めておるのだ」

「おう。そうなのか」

越前大野藩は、丹生《にう》郡に飛び地を持っている。

大野藩から西のほうなので、西方《にしかた》と呼んでいたのが、日本海に近い土地柄からか、いつしか西潟と呼びならわされるようになった。

具体的には西潟十三ヶ村——すなわち、丹生郡織田村《おだむら》を中心とする十三ヶ村（現福井県丹生郡越前町織田〜福井県坂井市《さかいし》三国町）が大野藩の支配地となったのは、寛永元年（一六二四）以来のことである。

「すると、あの米は、西潟のものなのか」

勘兵衛は、重ねて言った。

「さよう。昨年の秋の年貢だ。なにしろ、すぐに雪に埋もれるので、一旦は陣屋の米蔵に保管をするが、雪解けののちに幾たびかに分けて、この府中まで陸送をしてな。ここから舟で、福井長者町にある御蔵まで運ぶのだ」

福井の長者町に、大野藩の蔵屋敷があることは、勘兵衛も承知している。

「この秋には、新たな年貢が入るからな。そうぐずぐずもしておれんのだ」

でないと西潟陣屋の米蔵には納めきれない、とでも言いたげな彦六であった。

「そりゃあ、この炎暑のなか、たいへんであろうな。陣屋から、ここまで、よほどに遠いのか」

飛び地のことは知っていたが、詳しいところまでは、勘兵衛は知らない。

越前の西、丹生郡の海岸部の所領からの石高は、小物成《こものなり》（雑税）も入れて、およそ五千石ほどと、勘兵衛は父から聞いたことがある。

だが、丹生山地が連なるあたりだから、領地は広大で、北は九頭竜川の河口である三国湊近くまで、とも聞いた。

大野藩には郡奉行《こおりぶぎょう》が二人いて、その配下に六人の代官と、一人の預かり所代官がいる。

その預かり所代官というのが、丹生の飛び地を支配している。

その本拠地が、織田村に置かれた西潟陣屋だ、というところまでが、飛び地についての勘兵衛が知るすべてなのであった。

「なに、四里足らずだ」

ことともなげに彦六は答えた。

「そうか。で、どうですか。作柄のほうは」

「む……。なに潮風をまともに受けるような土地柄だ。いつものことながら、豊年とは言えぬよ」

「ははあ、そんなものですか」

「うむ……。ところで、きょうは、どこまで足を伸ばすつもりだ？」

「福井城下まで、と思うておる」

「そうか……。いや、邪魔をしてすまなかったな」

ひとこと言うと、くるりと背を向けて、馬を引いて舟積場のほうへ戻っていった。

「…………」

その背姿を見送る勘兵衛に、

「幼馴染みで、ございましたか」

八次郎が聞いてくる。

「いや」

にべもなく答えた勘兵衛だが、

「大野には、家塾というて、学問所のようなものがある。そこで一緒だった男だ。もっとも向こうは五歳上だったので、机を並べたことはないのだが……」

ほろ苦い記憶は、今も鮮明に残っている。

(あの佐治彦六が……)

今は西潟陣屋に勤めていると知った。

代官ともども、その陣屋に勤める者は、代代がその土地に住みつく家で、城下からは遠く離れて暮らしているのであった。

(そのようなところに……)

彦六は養子に入ったのか、と思いながら勘兵衛は、馬を引き、とぼとぼとした足どりで去っていく彦六を見つめていた。

「ところで……」

八次郎が尋ねてきた。

「先ほどの、広畑さま……。旦那さまのことを、無茶勘と言われましたな」

「そうで、あったか」

勘兵衛はとぼけたが、

「はい。たしかに……。なにか、謂《い》われがあるのでしょうな」

「ないない。まあ、仇名のような類《たぐい》だ」

「ふうん」

八次郎は、疑わしげな声を出した。

いずれ故郷に入れば知られるかもしれないが、故郷では〈無茶の勘兵衛〉と呼ばれていることや、その由来など、八次郎に教えてはいなかった。

5

再び、勘兵衛主従は旅を続けた。

府中から、次の上鯖江の宿までは一里十四町四十一間（約五・六キロメートル）、途中、〈白鬼女《しらきじよ》の渡し〉で日野川を渡る。

〈白鬼女の渡し〉とは、なんともおそろしげだが、日野川の下流が白鬼女川と呼ばれていたからで、これには伝説がある。

それはともかく、府中で思いがけず旧知に出会った勘兵衛は、道中を行きながら、くさぐさ心に浮かぶことがあった。

今は広畑と変わった佐治彦六は、勘兵衛にとっては天敵とも思える、山路亥之助の取り巻きの一人であった。

(亥之助は、今いずこに……?)

昨年の十一月に、ちらりと姿をかいま見たきり、杳《よう》として行方は知れない。

まだ勘兵衛が少年のころ、亥之助の父は郡奉行で、勘兵衛の父の上司であった。

ゆえはわからぬが、四つ年上の亥之助は、少年のころから勘兵衛を目の敵にしていた。

(十年前の、ほうぜえの夜……)

「ほうぜえ」とは、放生会《ほうじようえ》のことで、八月十四日と十五日の二日間にわたる、故郷の八幡神社の秋祭だった。城下が賑わう一番の祭りである。

その夜に勘兵衛は、あの彦六から清滝社《きよたきしや》にこいと呼び出されたのである。

清滝社は城の南西、清滝山 麓《ふもと》の谷間に建つ。

さびしいところであった。

予想はしていたが、勘兵衛が出向くと、境内裏の相撲場で、亥之助や彦六など五人が勘兵衛を待ち受けていたのであった。

さすがに五人がかりでは、かかってこなかったが、最初に勘兵衛に殴りかかってきたのが――。

（あの彦六であったな）

その夜のことは、今も忘れることはない。

（思えば、亥之助との悪縁も、あの夜にはじまったやもしれぬ）

その後、勘兵衛の父親は亥之助の父親から濡れ衣を着せられて、あわや切腹というところまで追い詰められたし――。

やがて亥之助の父親の不正が発覚したとき、亥之助は捕手を斬り伏せて、故郷を出奔した。

（そもそも、俺が江戸に出たのも……）

若君の小姓に……と思い込んで江戸へ向かった勘兵衛だったが、そこに待っていたのは――。

「亥之助を討て」という、若君からの密命であったのだ。

それだけでは、なかった。

亥之助は、勘兵衛の弟である藤次郎の仕官先、大和郡山《やまとこおりやま》本藩の藩主を、暗殺しようとする曲者《くせもの》に変貌していたばかりにとどまらず――。

勘兵衛の今回の帰郷は、塩川園枝との縁談なのだが、ひそかに故郷に舞い戻った亥之助は、園枝の長兄である重兵衛を斬って逃亡し、重兵衛はその傷が元で帰らぬひととなった。

すると、義兄の仇ということにもなる。

幾重にも悪縁が重なって、ついに亥之助は勘兵衛の天敵となったのだ。

行く手に、〈白鬼女の渡し〉が現われた。

ここに賃取り橋が架けられたのは、明治維新ののちで、何度も架け替えられながら白鬼女橋の名は変わらずにある。

さて、渡しの先が上鯖江の宿場だが、鯖江村には、幕府直轄の西鯖江陣屋があった。

東には、松岡藩領が迫っているが、街道より西は幕府の天領であった。

越後村上藩から間部《まなべ》詮言《あきとき》が所替えで、ここに鯖江藩を開くまでは、まだ四十年余を待たねばならない。

鯖江を過ぎると、一里と行かないうちに水落《みずおち》の宿駅が現われた。

水落の名に、勘兵衛の郷愁がつのった。

というのも、大野城下の勘兵衛の生家が、水落町だったからだ。

大野の城下町は東西六筋、南北六筋の碁盤目に区画されていて、そのうち、南北の一番から五番までの道路の中央には、本願寺清水《しょうず》から引いた上水路が設けられていて、それが市民たちの生活用水に使われる。

また、町家の背割り部には生活排水を流す下水路も設けられていた。

それぞれの水路は、いずれも南から北へと流れ、やがて勘兵衛の生家近くで小川に入る。

それで水落町というのだが、ここらに、そんな風景は見えない。

藁葺きの集落が立ち並び、〈烏《からす》が森《もり》〉と呼ばれる、福井城下の総鎮守でもある神明社の杜《もり》がこんもりと繁った門前町であった。

荷駄運送の中継ぎともなるところで、茶店は馬子たちや休息の旅人であふれていた。

勘兵衛主従は、休むことなく通り過ぎた。

やがて行く手に、橋が現われる。

のちに芭蕉が、

朝六つや　月見の旅の　明けはなれ

と『奥の細道』で詠んだ浅水《あさむづ》橋であった。

橋の長さはおよそ十三間（約二四メートル《メートル》）、これで浅水川《あそうずかわ》を渡ると浅水の宿場町で、故郷の越前大野には、ここから枝分かれして美濃街道へ合流する、東郷道という道筋がある。

福井城下から大野城下へは、およそ三つのコースがあるが、東郷道がいちばん古い。この道を選ぶと東郷宿まで宿場はないし、いささか時間的に無理があった。

なによりも、福井の城下町というのを、この目で見ておきたいと考えている。

その福井城下までは、あと一息である。

「八次郎、あと一里半ばかりだが、大丈夫か」

勘兵衛は、少少へばりぎみの八次郎に声をかけた。

陽も、ずいぶんに傾いてきている。

「なんの。渡し舟で十分に休息いたしましたゆえ、あと二里や三里」

「よしよし。頑張れよ」

励ましながら歩くうちに、やがて最後の宿場町、花堂にかかった。

名は美しいがこのあたり、行く手を遮るように狐川《きつねがわ》や、江端川《えばたがわ》、浅水川などが集まってくるあたりで、近くには大きな沼もあり、たびたび洪水を起こして、旅人を足留めさせるあたりであった。

古くは、玉江《たまえ》と呼ばれて万葉集などの歌枕にもなった土地柄で、芭蕉もここで――。

月見せよ玉江の芦を刈らぬ先

の句を残したところだ、

川筋には、茫茫と芦原が続く。

左手に愛宕山《あたごやま》（現：足羽山《あすわやま》）が見え、街道の先に大きく堅固な造りの大木戸が見えてきた。

赤坂口、といって、福井の城下町に入る第一の関門であった。

北国（北陸）街道が福井城下に入る南端の重要な町口であったから、惣木戸と呼ばれている。

江戸の高輪《たかなわ》大木戸、四ッ谷大木戸に相当するもので、人馬を検《あらた》め、荷駄馬の手形を検察した。

すでに板取の関所で手形検めは終わっているから、よほどのことがないかぎり、旅人に声がかけられることはない。

ただ、役人の厳しい視線が注がれるのは、福井城下の政情が不安定なせいであろうか。

隠し子の松平直堅（権蔵）の出奔で、面目を失った前藩主が自害したのち、遺書によって新藩主の座についた松平昌親《まさちか》の正当性を巡って、藩政は大揺れに揺れているところだ。

赤坂町の惣木戸を通れば、街道筋には町家が建ち並ぶ。

煙草屋が多い。

これは寛文《かんぶん》九年（一六六九）の大火で城までが焼け落ちたあと、城域を拡張するため、町家をこの地に移転させるとき、その代償として煙草屋の札株を与えたためで、煙草屋町とも呼ばれている。

さて北国街道は、愛宕山の山麓に沿って、大きく左へと曲がっていく。

先ほど惣木戸を第一の関門と述べたが、まだ本来の城下町に入ったわけではない。足羽川《あすわがわ》を越えた先が、元もとの城下町であった。

福井の城下町は、ほかにはあまり例を見ない軍事都市で、一町ごとに木戸が設けられている。

というと、江戸も同様だと思われようが、江戸の場合は民間にまかせた町木戸であるのに対し、福井城下は役人の管理下で、木戸数は百九十五、夜番所は二百十六ヶ所に及んでいた。

やがて、街道は足羽川に突き当たり、そこに第二の関門がある。

「わあ、変わった橋ですね」

川の畔から、つくづくと、その橋を眺めて、八次郎が目を丸くした。

大橋口と呼ばれるところだ。

この足羽川に架かる九十九橋《つくもばし》というのは、半分が石造りで、残る半分は木造という天下の奇矯で、すわ一大事というときに木造の橋を落として、敵の侵入を阻むという役割を担っている。

それればかりではない。

土地《ところ》では、この橋の南を橋南《きょうなん》、北を橋北《きょうほく》と呼ぶのであるが、その両端に門が設けられている。

橋の両側に門があるというのも、ほかに例を見ない。

その橋南の小石川門をくぐり、石造りの橋で足羽川を渡る。

先に豪壮に聳えるのが照手御門《てるてごもん》、その左側には巨大な常夜燈が鎮座している。

橋下の河原には、一面の桃畑が見はるかすかぎりに続いていた。

半ばから木橋となった橋板を踏み、御門をくぐった。

もちろん、門番が通る者に目を光らせている。

照手門を入った左手に高札場《たかふだば》があった。

勘兵衛は、そこに掲げられた高札を読もうと試みたが、大きく傾いた西日が邪魔をした。

その間に、

「ははあ、あれが福井城」

八次郎の声がした。

振り返ると高だかと四層の城が見えるが、寛文の大火で焼け落ちたのち、天守閣は再建されなかった。

「とりあえずは、宿を探そうか」

「は、どのあたりにあるか、聞いてきましょう」

先ほどまでへばっていたのが嘘のように、八次郎が通りがかりの町人に駆け寄っていった。

国境《くにざかい》の村

1

照手御門から、ほど近い京町《きょうまち》の旅籠に草鞋を脱いだ勘兵衛は、

「とりあえずは汗を流して、早めに夕飯をすまそう」

「はあ、早め、に……ですか」

食うこととなると、一も二もないはずの八次郎が小首を傾げた。

「それとな。夏羽織と着替えとな、草履《ぞうり》を出しておいてくれ」

「あれ。どこかへ、お出かけで」

「うむ。愛宕山は月見の名所で、料亭や茶寮《さりょう》も多いと聞いている。夕涼みとしゃれるのも、よかろうかと思うてな」

とたんに八次郎は、旅の疲れもはじけ飛んだような笑顔になって、

「ああ、それは、ようございます。満月には三日早うございますが、それはそれ……」

いそいそと、勘兵衛の打飼いにしまっていた、着替えや夏草履を取り出しはじめている。

さっそくに二人は、湯浴み場へ向かった。

明日はいよいよ父母に会えるから、勘兵衛が丹念に旅の垢《あか》を落としているうちに、八次郎のほうは、カラスの行水同然で、あっという間に姿を消した。

勘兵衛が部屋に戻ると、早くも夕食の支度が調いはじめていて、八次郎が言った。

「旦那さま。宿の者に聞きましたら、きょうは昼のうちに月が出て、月の入りは九ツ(午前零時)前だと言います。ぐずぐずしていては、肝心の月が見えませせぬ」

「そう、あわてることもなかろう」

月よりも、茶寮で出される食い物が目当てであろう、と言いたかったが、口には出さなかった。

頭までは洗えなかったが、三日ばかり怠っていた髭もあたり、八次郎に月代《さかやき》も剃らせて、久方ぶりにこざっぱりとした衣服で、旅籠を出た。

愛宕山に夕涼みに出かける、と聞いた番頭が、宿札《やどふだ》を渡しながら言う。

「めったなことで、照手御門や町木戸が閉じられることはございませんが……」

少し危ぶんだ顔つきになって、

「遊行《ゆぎょう》のお客さまが、つい、刻《とき》を忘れて、ということも、ままあるんやざ。もし、なにかございましたら、この宿札をお示ししてやませ」

不審者扱いされた旅客《りょかく》を、いちいち引き取りに行くのも面倒だ、というような匂いが、その表情にあった。

おそらくは、日ごろより、役人衆に鼻薬を嗅がしているのであろう。

「あいわかった」

素直に宿札を受け取って、勘兵衛主従は、再び九十九橋を渡った。

そろそろ六ツ半（午後七時）は過ぎたころだが、なるほど十二夜の月は、もはや西方に大きく傾いている。

橋南には、福井城下の遊興《ゆうきょう》の地が集まっているらしく、月が傾く川べりの方向に、灯火がまたたき、川風に乗って弦歌《げんか》のさざめきまで聞こえてくる。

それで、旅人とは異質の通行人が多く、武家の姿も数多く見られた。

八次郎が言った。

「愛宕山《あたごやま》の西に芝居役者や、娼妓《しょうぎ》たちが住む誓願寺町《せいがんじまち》というのがあって、そこに遊郭があるそうで……」

さっそくに、宿の者からでも仕入れたのであろう。

先ほどの番頭が危ぶんだ気配を示したのも、八次郎にあれこれ聞かれて、二人が紅《こう》灯《とう》の巷《ちまた》に足を向けるのではないか、と思ったのかもしれない。

「ふうん」

と、答えておいてから、勘兵衛は南の愛宕山を指した。

頂きに向かって、灯火の列が駆け上っている。

「わかっておろうが、俺たちが向かうのはあちらだ」

言うと八次郎は、

「いやだなあ、旦那さま。わかっておりますよ」

心外だ、というような声を出した。

その灯火の列を追うまでもなく、遊客《ゆうかく》たちの足が道しるべとなって、石場上町《いしばかみまち》からはじまる愛宕坂登り口へと出た。

この愛宕山は、山と呼ぶよりは丘陵で、柴田勝家が、一乗谷《いちじょうだに》にあった火除けの神である愛宕権現社を移したところから、その名がある。

我が大野藩の江戸屋敷前に聳《そび》える愛宕山にも、愛宕山《さん》権現社があるが、こちらは京からの勧請《かんじょう》で、余計なことながら、あたごさん、と読むのが正しい。

愛宕坂は百四十五段のゆるやかな階段坂で、その石段は、この地特産の〈越前青石〉とも呼ばれる笏谷石《しゃくだにいし》でできている。

坂には、存外の人影があった。

まだ夜も早いせいか、坂を上っていく夕涼み客が多く、下ってくる者は、ほとんどない。

武家に町人、職人に船頭、川人足らしい集団と、さまざまな遊客が坂の両側にひしめくように並ぶ、居酒屋や茶寮などに消えていく。

下がり提灯や、軒行燈などに照らされる坂をゆっくり踏みしめて上りながら、勘兵衛は注意深く両脇に目を走らせていた。

これは、上司で江戸留守居役の松田が勘兵衛に打ち明けた話だが――。

昨年の秋から冬にかけて、忍び目付の服部源次《はっとりげんじ》右衛門《えもん》が、この福井城下に潜入している。

その服部源次右衛門は、伊賀忍者の服部一族の流れを汲む者だが、この福井に一族を統《す》べる〈越前服部宗家〉というのがある。

当主は、千賀地采女盛光《ちがちうねめもりみつ》といって、この愛宕坂の千賀地家屋敷内に、伊賀忍法の道場があるという。

具体的には〈地場帰り《じばがえ》〉と称して、越前松平家より全国に派生した伊賀者の男児は、八歳の夏にこの道場に入門し、伊賀忍術の教育修練を積んで十四歳の夏に戻っていく、とまる六年間の共同生活を、越前宗家において営むのがしきたりとなっているのだ。

服部源次右衛門も、その道場で修行を積んだという。

勘兵衛が、愛宕坂の両側に目を配っているのは、その道場がどこかと思っているのだが、これは単なる好奇心で、さしたる目的があるわけではない。

勘兵衛の目的は、できうれば、この福井藩における御家騒動が、どの程度まで進捗《しんちょく》しているかを、見分できないか、というものであった。

夕涼みの月見とは、口実なのである。

検《あらた》めるように勘兵衛は、坂を上る人影に目をやった。

目をとめたのは、三人連れの武家たちだった。

夜目にも、高級品とわかる衣服を身につけている。

やがて、その武家たちが一軒に入った。

「八次郎」

「は」

「ここが、よさそうだぞ」

茶寮のようだ。

軒行燈には［半月茶屋］とあるが、周囲を圧する規模の茶寮であった。

それもそのはず、勘兵衛は知らないが、ここは元もとが藩主お休み処として建てられた茶屋なのである。

〈半月〉の名は、福井藩の旗指物《はたさしもの》である〈半月白《はんげつはく》〉からとられていた。

勘兵衛の知らぬことは、まだあった。

〈越前服部宗家〉の統帥《とうすい》、千賀地盛光のことだ。

御家騒動に悩む福井藩の、現藩主である松平昌親は、大老の酒井忠清《さかいただきよ》の後ろ盾を得ようと、越後高田藩家老の小栗美作《おぐりみまさか》と語らって、我が大野藩を陥れる謀略に荷担した。

その報復のために、忍び目付の服部源次右衛門は、福井に潜入して、藩内の騒動を大きく揺さぶる工作をしてきた。

そこまでは、勘兵衛も松田から聞かされていたが、その工作がどのようなものだったか、までは知らない。

2

実は、そのとき松田は――。

――福井藩の留守番組頭が、切腹を賜わったそうじゃ。

と勘兵衛に告げている。

そのことを、勘兵衛はたしかに覚えているが、その留守番組頭というのが、ほかならぬ千賀地盛光であったのだ。

盛光は、越前松平家系の〈越前服部宗家〉であるとともに、五十名の伊賀者を率いる福井藩留守番組頭の職にあった。

その盛光は、先に書いた〈地場帰り〉で預かる少年を人質に、伊賀忍者の父親たちから誓詞をとっていた。

そこには――。

おおむね「我ら越前伊賀者は、すべからく越前宗家の旗の下《もと》に集まり、ことあるときは、主君より宗家の意志を尊ぶべし」というような文言が盛られていた。

服部源次右衛門は、ひそかにこれを盗み出し、その夜のうちに、福井藩重臣の家家に投げ込んだのであった。

福井城広敷《ひろしき》（本丸および奥向き）警護の責任者が、全国に散らばる伊賀者から、このような誓詞をとっていたことが明らかとなって、福井の政情は、さらに大きく揺れた。

それで千賀地盛光は切腹のうえ、家も断絶となっていたのだ。

それはともかく――。

やや間をおいて、勘兵衛たちが［半月茶屋］の長暖簾をくぐると、案内の仲居に先客の武家が、

「二階の小座敷をな」

と言うのが耳に届いた。

そのあとに出てきた仲居は、勘兵衛たちを見て、やや怪訝《けげん》な顔になる。

見慣れぬ顔だ、と思ったようだ。

勘兵衛は、さりげなく、こういうこともあろうかと、かねて準備の心付けを握らせた。

仲居は、そっと手を開いて盗み見たあと、驚いたような顔になった。

それもそのはず、勘兵衛が握らせたのは慶長《けいちょう》一分判《いちぶばん》、江戸では一分金と呼ばれる

貨幣で、四枚で小判一両に匹敵するものだった。

仲居が驚いているうちに、

「二階の小座敷をな」

先客と同じことを言い、

「できれば、先ほどの三人連れの隣部屋がいいのだが」

と勘兵衛はつけ加えた。

仲居は、黙ってうなずいた。

二階に上がると、大座敷の入れ込みには、武家ばかりではなく旦那衆らしい商人もいる。

愛宕坂側の窓が大きく開け放たれて、その向こうに、まん丸には少し足りない月が浮かんでいた。

仲居は、その入れ込み大座敷を通り過ぎ、奥の小廊下に勘兵衛たちをいざなった。

右に曲がって、小座敷がいくつか並ぶ一室の障子戸が開いていた。

見ると、衝立で中の様子は見えないけれど、先ほどの三人の武家を案内した仲居の上半身が見えた。

そこを素早く通り過ぎたあと、仲居は隣室の障子戸を明けて、

「ここであるんやざ、よ」

囁くような声で言った。

八畳ばかりの部屋であった。

なかなかに風雅な造りで、どういうわけか、入口の鴨居から、禅寺にあるような叩き板と小ぶりな木槌がぶら下がっている。

普通は丸い板なのが、ここでは半月の形であった。

窓は開いているが、方角がちがうせいで月は見えそうにない。

だが、すでに八次郎も、なにやらの意図を感じているらしく、無言のままであった。

それが、ここのしきたりであるのか、仲居は隣室と同じように、入口に衝立を立てている。

江戸とはちがい、ここでは腰の物を預からなかった。

勘兵衛は大刀だけを腰からはずし、隣室に近いところに席を取り、八次郎にそこらに座れ、と目顔で言った。

それから振り向いた仲居に、

「料理は、おまかせする。それから酒と……」

ちらと八次郎を見てから、

「茶を頼もうか」

「あい、あい」

心付けが利いたのだろう、仲居は機嫌のよい声を出した。

仲居の姿が消えたあと、

「旦那さまも、おひとが悪い」

八次郎が小声で言うのに、勘兵衛は微笑で返しておいた。

さて、料理が運ばれてくるまでに、この［半月茶屋］の行く末を語っておこう。

のちに［半月楼］という料亭になった、この茶屋は、明治になって福井の最後のお殿さま、松平春嶽《しゅんがく》（慶永《よしなが》）が［五嶽楼《ごがくろう》］と名づけた。

明治四十三年（一九一〇）には、のちの十九代首相となり暗殺に散った原敬《はらたかし》が福井を訪れたとき、この［五嶽楼］で二百名を集めた懇親会が開かれている。

そんな福井屈指の老舗《しにせ》料亭も、つい最近までは愛宕坂で営業を続けていたが、後継者がいなくなり平成十六年（二〇〇四）に閉じられた。

その跡地には、〈福井市　橘曙覧《たちばなのあけみ》記念文学館〉が建てられている。

曙覧は幕末の人で――。

たのしみは妻子むつまじくうちつどひ
　　頭ならべて物をくふ時

と、「たのしみは」で始まる『独楽吟《どくらくぎん》』などで知られる清貧の歌人だが、若いころに、その［五嶽楼］近くで隠遁生活をしていた縁である。

さて、勘兵衛の小部屋に酒や料理膳が運ばれてきた。

仲居が、衝立を元に直しながら言う。

「ご用があったざら、この叩き板を鳴らしてや」

鴨居からぶら下がった叩き板は、そのためのものらしい。

久方ぶりの酒が、勘兵衛の胃の腑に沁みた。

八次郎は、黙黙と箸を使っている。

ひとことも発しない。

八次郎なりに、勘兵衛が、ここへやってきた目的を察したらしい。

隣室の声は、ときどき届く。

なかに一人、胴間声《どうまごえ》の男がいた。

小半刻とかからず、二の膳がきた。

勘兵衛は、酒だけをちびりちびりとやりながら、自分の二の膳を、

「ほれ、これもおまえが食え」

「いいんですか」

「うむ……」

勘兵衛は、うなずいた。

そろそろ酒もまわりはじめたか、隣室の会話が、だんだんに高まりだした。

それからさらに小半刻——。

胴間声の男が言うのを、勘兵衛は聞き逃さなかった。

「きょう聞いたのやけど、家老の芦田《あしだ》さまから狛《こま》さまのとこへ書状が届いたんざ。昌親さまご隠居、跡目は仙菊《せんぎく》さま……いやいや、今は綱昌《つなまさ》さまか。いよいよ公儀よりお許しが出たようじゃ」

それに対して、「そりゃ、もう三日も前のことだ」とか、「結局は、二年ばかりしか、もたなかったな」などの感想が漏れ聞こえたが、あとはまた、くさぐさの噂話に戻っていったようだ。

（ふむ！）

結局は、そう決したか、と勘兵衛の胸は躍った。

隣室の武家たちが上級の士、と踏んでのことであったが、幸運にも勘兵衛は、目的を達したわけだ。

隠し子の出奔によって自死した松平光通の遺書によって、昌親は福井の第五代領主の座に着いた。

しかし長幼の序からいけば、まずは実子である権蔵（松平直堅）、百歩譲っても、昌親には越前松岡藩主の松平昌勝《まさかつ》という兄がいる。

それで福井藩家中では、家督相続の正当性について三分し、多くの脱藩者も出た。

この分裂は長引き激化して、昌親は兄、正勝の長子である仙菊を養子にとり、これを次期藩主とすると宣言して懐柔しようとしたが、藩内の亀裂は埋まらなかった。

この騒動は幕府の耳にも届いて、昨年の十一月に勘兵衛は、老中稲葉正則《いなばまさのり》から――。

――越前松平家は将軍家の御家門だ。まちがえても御家騒動を起こさせるわけにはいかん。というて、今さら直堅や昌勝に戻すわけにもいかんし、それならいっそのこと昌親に引導を渡して、昌勝の子に家督を禅譲させるというのはどうだろう、との意見が出たでな。わしも、それがよかろうとは言っておいたが、はて、どうなろうかの。

と、聞いていたが。いよいよそれが現実のものとなったようだ。

隣室の会話に出てきた芦田図書《ずしょ》は福井藩江戸家老で、狛貞澄《さだすみ》は国家老である。

また昌勝の子は江戸に生まれて幼名を仙菊といった。

それが一昨年、十四歳のときに昌親の養子となって福井藩江戸屋敷に入った。

そして昨年に勘兵衛が、稲葉老中より越前松平家の動静を知らされたときから日ならずして元服し、家綱《いえつな》将軍に拝謁して従四位下侍従に叙任、越前守となって家綱の一字を与えられ綱昌となったのである。

「おい、八次郎。早く食ってしまえ、そろそろ戻るぞ」

目的を達した勘兵衛が言うと、

「もう、現金な旦那さまだ」

恨めしげな顔で、箸を急がせた。

このころ――。

長引いた御家騒動の工作金がかさみ、福井藩には銀二万貫（およそ三十六万両）もの借銀《しやくぎん》があった。

これは福井藩の歳入の三年分に相当する。

勘兵衛が、この愛宕坂の［平月茶屋］に座敷をとった日から九日たった六月二十一日――。

国家老の狛貞澄は、評定所に諸役人を招集して、借銀の処置について、よい思案があれば披露するようにとの申し渡しがあった、と越前松平家の家譜《かふ》（家の記録）に記されている。

それからちょうどひと月がたった七月二十一日に、松平昌親は隠居して、名を元の昌明《まさあき》に戻し、十六歳の綱昌が新たに福井第六代の領主となった。

だが、そのとき三十七歳であった昌親、なかなかに、おとなしく隠居をしているような人物ではなかった。

なにしろ二万五千石の吉江藩主から、四十七万五千石の越前松平家宗家の座に成り上がって、二年と少し、そうやすやすと引き下がるつもりなど、はなからなかったのである。

福井城を取り巻く暗雲は、いよいよ嵐を呼ぶことになるが、それは巻を改めての物語になろう。

3

福井の町は昭和二十年（一九四五）、戦災によって市街地の九十五パーセントを焼失した。

その三年後には、大地震によって徹底的な破壊を受けている。

さらに三ヶ月後には、九頭竜川の堤防決壊までが起こって、復興をはじめた家屋が流失した。

重なる不幸に、かつては色濃く残っていた城下町の面影も、ついには消え果ててしまったのである。

筆がついつい滑るのも、その哀惜の念からかもしれない。

翌朝のこと——。

元の、野袴にぶっさき羽織姿に戻った勘兵衛主従は、福井城下、京町の旅籠［臼《うす》屋《や》］を出た。

「きょうは、楽かもしれませんね」

空を見上げて八次郎が言う。

薄曇りであった。

旅籠に教えられた道筋を胸に、東へと向かう。

福井の城下町の道幅は五間から六間、その中央には芝原《しばはら》上水が流れて、町家《ちょうか》では、ところどころに石階段が設けられた河戸《こうど》から、水汲みをしなければならなかった。

これは、鉄分を多く含む地下水が飲み水に適さず、九頭竜川から取水して、城下に流している上水であった。

　それで、朝のうちから河戸には、人が寄り集まっている。

「ずいぶんと、不便なことですね」

　その様子に、八次郎が感想を述べた。

　江戸の場合だと、六つの上水は地下を流れ、呼び樋によって井戸に水を溜める仕組みになっていた。

　長屋はともかく、各戸の井戸に水道が引かれる。

　それで生活用水には不自由せず、それが江戸っ子の自慢にもなっていた。

「昨夜、宿の者に聞いたが、御家中には水道を引いて、屋内に水井戸を設けることが許されているようだ」

　勘兵衛が言うと、

「町民にも、許してやれば、よろしかろうに……」

　少し不満そうな声を出した。

「ふむ。だが、我が郷里の大野もまた、事情は似たようなものだ」

「あれ……」

　余計なことを言ったとばかり、八次郎が首をすくめる。

江戸とは違い、この福井では武家地と町地が混在することはなく、厳然と区画が分けられている。

大野もまた、武家地と町地は分けられているが、もっともっと開放的であった。

勘兵衛たちは、大野街道へと繋がるという勝見口《かつみくち》を目指しているのだが、城下のその道筋が、なかなかに複雑であった。

というのも江戸城同様に、福井城も本丸を中心にして、同心円状に幾重にも堀をめぐらせているのだが、その間隔があまりに狭い。

外堀を渡って桜御門内に入ると、ここからが武家地で、少し行けば堀、また堀で、これを渡る橋まで右に左にと、大まわりすることになる。

また八次郎が、愚痴る。

「どうにも不便な城下ですね」

「本来、城下町とは、こうしたものだ。敵の侵入を防ぐため、わざと不便に造ってあるのだ」

「それは、そうでしょうが……」

太平の世に馴れた八次郎は、うんざりした声を出した。

元もとが、この福井城は、徳川家康が外様大名の雄、加賀の前田家を牽制《けんせい》するために、家康の次男である結城秀康に築かせた城である。

福井藩の警備の厳しさは、すでに血肉となって続いているようだ。

たとえば、福井の城下町の出入りは、〈福井七口〉と称されて、昨夕に通った大橋口以外に、明里《あかり》口、三ツ橋口、牧ノ島口、加賀口、志比《しひ》口、勝見口というのがある。

だが、正確には十三口あって、たとえば昨夕の第一関門であった赤坂口も、そのひとつであった。

いちいち、ここにはあげないが、大橋口を入る前には、赤坂口以外にも、道筋によって春日町口、山奥口、館屋口と合計で四つの第一関門があるのだ。

さて、勝見口を出た勘兵衛に、

「ここから大野城下までは七里ほどでしたね」

八次郎が念を押してきた。

「うん。昨夜に説明したとおりだ。夕刻までには着こう」

この福井城下から、大野城下へは二筋の道がある。

足羽川の左岸を東進するのと、右岸を東進する道だ。

左岸を東進する道は、先に書いた東郷道と交わり、前波《まえなみ》の渡しで足羽川を渡ったのちに、大野城下へと至る。

前波の渡しは、東郷中島村から対岸の前波村への渡し舟であった。

一方、右岸を通る道筋は、前波村へ直接に向かって、前波の渡しを使わずに大野城下へと入ることができた。

いずれの道を選ぼうと、結局は前波村で合流することに変わりはない。

大野城下を通過して、美濃へ向かうから美濃街道と呼ばれているが、勘兵衛たちは大野街道と呼びならわしていた。

さて勝見口を出た勘兵衛主従が、足羽川の方向に進むと、また前方に、大木戸が現われる。

例によって、二重の関門となる和田口であった。

ここでは出入りに、人馬とも、手形を検《あらた》められた。

「いや、厳重なことで……」

八次郎が言った。

そうこうするうちに、足羽川に出た。

東の川上へと、堤防沿いに道が続く。

彼方には、山山が連なっている。

その越前と美濃の間に横たわる山塊の先にある盆地が、故郷の大野であった。

遙かに続く福井平野の向こうには、重畳と重なる緑の山脈が波打っている。

〈黒に七色あり〉というが、緑にも数えきれないほどの彩りがあった。

福井の城下では、足羽川は大橋川、と呼ばれている。

江戸で隅田川を、大川と呼ぶようなものだ。

その足羽川を右下に見下ろしながら勘兵衛たちは、東へ東へ、ゆるやかな土堤坂を歩んでいった。

渡しのある前波村までは、およそ一里半（六キロメートル）、大野街道の難所はその先にある。

川では、小さな漁舟が出て投網《とあみ》をしていたり、河原には渓流釣りの人影も見える。

ときどきは、木材を運ぶ筏《いかだ》流しも見受けられた。

いつしか土堤道も消えて、道は堰堤の植樹と田畑の間を通る。

前波村に入ったころ、川の対岸では南の一乗山から落ちてくる、一乗谷川が合流している。

その流れが作る狭い谷は、三方を山に囲まれる要害の地であったから、戦国時代の百年余、この越前の地を掌握した朝倉《あさくら》家の本拠地であった。

その栄華の跡も、今は見えない。

前波の渡し場を過ぎると、川は大きく蛇行をはじめた。

街道もまた大きくうねり、山間の谷間へと入っていった。

街道は、だんだんに幅が狭まってきた。

その両脇には、枝葉を存分に茂らせた樹木が立ち並び、川音と蝉の声がする。

薄曇りと木陰のおかげで、暑さはさほどではない。

草いきれのなか、蝶が舞い、さまざまな虫が飛ぶ。

宿布村《しくぬの》というところを過ぎて、しばらく――。

前方から、どうどうと高い水音がとどろいてきた。

「なんでしょう」

「ふむ」

少し考えたのち、勘兵衛は答えた。

「滝だろう。鳴滝《なるたき》という」

「滝ですか」

八次郎は嬉しそうな声を出した。

たぶん、鳴滝だろうと勘兵衛も思うが、実見したことはない。人の話に聞いただけだ。

高田村に入ってすぐに、その滝はあった。

高さは三丈（約九メートル《メートル》）ばかり、さほど大きな滝ではないが、崖地から、ほとばしるばかりに噴き出た流れが、岩岩に砕け散り、段段に岩床を乗り越えながら、滝壺へ落ちていく。

なかなか趣のある滝であったが、その滝の脇で人夫たちが立ち働いていた。

すでに岩肌を削り、石段ができあがっている。

「ちと尋ねるが、なんの普請であろうかな」

人夫たちを指図している親方らしいのに、勘兵衛は尋ねてみた。

「ここに不動明王を祀るそうやざ。なんでも、鳴滝に鳴滝不動はつきものらしくてな。鳥居を立て、てっぺんにはお堂を建てて、不動明王の像を入れるちゅうでの。できあがりちゅうのは、来年のことや」

ということであった。

この高田村からは、永平寺《えいへいじ》へ向かう永平寺道が分岐しており、茶屋が何軒かあった。

そんな一軒で小休止したのち、勘兵衛たちは、さらに東に進んだ。

4

相変わらず川は蛇行を続けているようで、上り道もまた、くねくねと続きながら、だんだんと険しさを増していった。

大久保村を過ぎたころ、行く手を見た八次郎が、

「わあ」

小さく驚きの声をあげた。

剣ヶ岳からの急崖に、切り通しの道が刻まれている。

「大丈夫でしょうか」

切り通しの道幅は五尺ちょっと（約一・五メートル）しかなく、ひとがどうにか擦《す》れちがえるほどである。

長さは十一間（約二〇メートル）ほどだが、崖はそのまま急流へと真っ逆さまだし、落下防止の鎖もない。

「怖じ気づいたか」

勘兵衛が冷やかすように言うと、八次郎は、

「はい。どうも……。高いところは、ちょいと苦手で……」

「どうということはない。下を見なければよいのだ」

「それは、そうでございましょうが」

この切り通しの途中には、小さな洞窟があった。

「なんでしょう。肝が冷えそうだ」

へっぴり腰ながら、それでも八次郎は切り通しを渡りきってから言った。

「こんなところを、お殿さまの駕籠が行くのでございますか」

「主君のお国帰りのことか」

「はい。大名行列でございます」

「無理ではなかろうが、国帰りの折には勝山街道を使って勝山城下へ出、そこから下荒井の渡し舟で九頭竜川を渡り、大野へ入るのだ。その道筋ならば、途中に志比《しひ》の宿場もあるからな」

「じゃあ、わたしどもも、そちらのほうがよかったのでは……」

「馬鹿を言え、遠まわりになろうが」

「ははあ」

よほど、こわかったと見える。

そのあたりは獺《うそ》ヶ口《がくち》村といって、北から芦見川が合流してくるあたりだ。

ここを通過したのちは、足羽川も街道も方向を南に転じる。

品ヶ瀬村を過ぎた朝谷島《あさだにじま》村というところで、東から羽生《はにゅう》川が合流してくる。

ここで足羽川筋を捨てて、羽生川の右岸を辿るのが大野への道筋だ。

新たな谷筋へと、勘兵衛たちは分け入っていった。

ここまでくると、めったに旅人には出会わなくなる。

通るのは、地元の農民や樵《きこり》たちで、周囲は林業のさかんなところであった。

境寺《さかいでら》村、百戸《ひゃっこ》村と過ぎたあたりで、八次郎が言う。

「旦那さま、昼飯は、どのあたりで……」

「む……、もうそんな時刻か」

「少しは、早うございましょうが……」

「腹が減ったか」

「腹も減りましたが、なにしろ、ずっと上りづめでございますので」

「くたびれたか。よし、次の村まで辛抱しろ。茶屋で休んで昼飯を食おう」

大野まで宿場はないが、各村村には、必ず茶屋があり、飯を食わせるところがあった。

旅人のため、というよりは、杣人《そまびと》たちが客となるからだろう。

だが、勘兵衛たちの昼飯は、相も変わらず旅籠で作らせた握り飯の弁当である。

その弁当包みを開いたのは、次の檜戸《ひのきど》村の茶屋であった。現代のＪＲ越美北線《えつみほくせん》（九頭竜線）の越前薬師駅から見える対岸のあたりだ。

茶店の客は、勘兵衛たち二人だけだった。

老婆が出した、いがらっぽい茶で弁当を食ったあと、茶店の老婆の薦めで〈山帰来《さんきらい》団子〉というのを食った。

大きめの団子を、二枚の山帰来の葉に包んだだけのものだ。

山帰来の実は毒消しに使われ、葉には腐食防止の効果があるといわれている。

「大野まで、あと幾つの村があるのでしょうか」

格別にうまくもない団子をかじりながら、八次郎が尋ねてきた。

「なに、もう、いくらもないぞ。次の大宮村を過ぎれば、その先が国境でな。計石《はかりいし》村というのだが、そこはもう、大野藩領だ」

「すると、まもなくでございますな」

「その先に、坂戸峠というのがあって、これを越えねば城下には入れぬ」

「はあ、峠……」

「高さはたいしたことはないが、これがなかなかの急坂だ。十分に足を休めて、音《ね》を上げるではないぞ」

「いや、もう、最後の一頑張りでございますから」

八次郎は、自分に気合いを入れるように言った。

5

いよいよ国境《くにざかい》を越えて、大野の藩領に入った。計石村である。

しばらく進むと、行く手に峠道が見えてきた。

「あれですか」

八次郎が言うのに、

「うむ。あれが、坂戸峠だ」

「なかなかの急坂のようで」

「荷車も、一人では無理だ。三人がかりで、どうにか、といった具合でな」

それで昔は〈坂の峠〉と呼ばれていたのが、いつしか〈坂戸峠〉となった。

ついでの話だが、あまりの急坂であったため、明治になってから、ずっと南の山峡《やまかい》の地に、新たな峠道を付け替えている。

下っては昭和に入り、越美北線を通すとき、ずいぶんと掘り下げてからトンネルを通したので、この峠道はますます緩《ゆる》やかになった。

さらに昭和三十八年（一九六三）に、人や車が通行する側に、崖崩れや雪崩を防ぐためコンクリートで覆って隧道《ずいどう》に仕立て直した。

だから現代では、勘兵衛たちが通過しようとするこの峠道は、山林に深く埋もれてしまっている。

それはさておき——。

峠下を窺う計石村には馬継ぎの施設があり、何軒かの茶屋が並んでいた。

障子には「名物とろろそば」とか「御酒　一ぜんめし」などと書かれているはずだ。

奇妙な懐かしさが、勘兵衛によみがえった。

三年前の春、勘兵衛は、この国境の村まできたことがある。

隠居の父が、有馬の湯まで湯治に出かけるというのを、ここまで見送ってきたのだ。

そのとき勘兵衛には、父の湯治は口実で、藩内の銅山不正の証拠を見いだすのが目的であることに、気づいていた。

すると、必ずや、刺客が現われよう。

それで護衛のつもりであった。

そして——。

刺客は出た。

(あやつは、あの茶屋横に……)

背負《しょい》い駕籠を下ろし、かがみ込んでいた百姓姿が、父を狙う刺客だったのだ。

(名は、周平《しゅうへい》といった……)

ゆえあって、大野藩が預かり禁錮《きんこ》していた信州代官の子弟に仕える中間《ちゅうげん》で、居合の名手であった。

そうと気づいた勘兵衛が声をかけると、周平は背負い駕籠に隠した剣をつかむなり、猛然と襲いかかってきた。

このとき、初めて勘兵衛は真剣でひとと戦い、これに勝利した。

周平は勘兵衛に小手をとられ、峰打ちによって肩の骨を砕かれたのである。

勘兵衛は、まざまざと、あの春の日の記憶を呼び起こしながらも……。

(ふむ……)

目だけは、先を行く二人の男の背姿に貼りつけていた。

格別に、怪しさを感じたわけではない。

かつて周平が潜んでいた茶屋を視野に入れながら、三年前の記憶を呼び起こしていた勘兵衛の目に、その茶屋から立ち去る二人の男が映っただけだ。

二人ともに菅笠をかぶり、着物の裾を尻《しり》っ端《ぱし》折《よ》りにしていて、商人とも農民ともはかりがたい。

ただ、勘兵衛たちが伝馬《てんま》の駅舎を過ぎ、あと一町（一〇〇メートル）ばかりで茶屋前に至ろうかというときに、二人して同時に床几から立ち上がった様子が、いかにも唐突に見えたのだ。

（…………）

おそらくは気のせいだろうと思いつつ、

「八次郎、このまま峠を越えるぞ。よいな」

茶屋のほうに、ちらちら目をやりがちな八次郎の機先を制しておいた。

「はい」

茶屋を過ぎれば、いよいよ峠口で、ここからは坂戸村だ。

峠口の両側に、山の斜面にへばりつくような集落がある。

北西の禅師峰《ぜんしぶ》から連なる山脈の中腹を、切り通しで通した古道だから、左手からは山が迫り、右手は斜面で下る地形だ。

その左の山麓には、かなりな高さまで棚田を積み上げて、右には段段の棚田を下らせている。

村民の、気の遠くなるような労力の跡だ。

(おや……)

集落の間を抜けながら、勘兵衛は胸につぶやいた。

前を行く二人の姿だ。

ただでさえ胸突き八丁の急坂を、男二人は両腕まで動員させて、あえぐように足を速めている。

駆け出したいのを、どうにか抑えている、といったふうであった。

(なにゆえ、あのように急ぐのか……)

そのとき、はっきり勘兵衛のうちに、不審の影がさしていた。

その証しのように、彼我《ひが》の間にあった一町ほどの間隔は、どんどんと広がっていくのであった。

福井を出るころ薄曇りだった空は、いつか夏雲を浮かべる空になっていて、昼下がりの太陽が、背後から照りつけてくる。

二人の影が、短く峠道に這っていた。

蟬時雨《しぐれ》が起こる。

山郭公《やまほととぎす》の、甲高い声が落ちてくる。

急坂を上るのに、先を行く者を見上げながら歩くのは容易ではない。

勘兵衛は、ときおり笠を上げ、いよいよ遠のく二つの人影を確かめた。

小半刻（三十分）ほども、たったろうか。

いつしか、前方の人影は消えていた。

「八次郎」

「はい」

息をあえがせながら、八次郎は答えた。

「もう少し、ゆっくり行こう」

「ありがたや。そういたしましょう」

勘兵衛の意図には気づかず、八次郎が足をゆるめた。

一本道の峠道、その右も左も、雑木の林だ。

と見えて、その奥には、坂戸村の紙畠《かみばたけ》が隠されている。

紙畠とは楮《こうぞ》の栽培地で、剝ぎとった楮の皮は和紙の原料となる。

それで、ところどころに人の気配がある。

今しも、雑木を分けて、一人の農婦が峠道に下り出てきた。

農婦は、勘兵衛たちに一礼して道を下っていった。

その背負い駕籠には、あふれるばかりの楮があった。

雑木の奥に、まだ人の気配が残っているところを見ると、亭主はまだ、楮を刈り取っているにちがいない。

昼下がりの襲撃者

1

勘兵衛は、注意深く気配を読みながら、坂を上る。

道幅は一間半（二・七《メートル》）あるか、ないか——。

眺望の開けないところだから、どこに伏兵が潜んでいないともかぎらない。

そろそろ、峠も頂きにかかろうかというところまできて、

「む！」

勘兵衛は、ぴたりと足を止めた。

「八次郎、動くな！」

強く、短く言った。

右前方に二人、左前方には三人、そして——。

（上にも……）

姿は見えぬが、そうと気配を読んで、右前方に顔を上げると——。

勘兵衛の目にとまったのは、四方に枝を伸ばした一本の榎《えのき》である。

このあたりでは、よのみの木と呼ばれる樹木のなかほど……、繁った葉裏に、ちらりと人影が見えた。

と——。

そこの枝葉が、大きく不自然に揺れた。

「お！」

はっきりと矢音を耳にして——。

とっさに勘兵衛は、右横にいた八次郎を突き飛ばした。

「あっ！」

打飼いを背負ったまま、八次郎がたたらを踏んで転ぶのを、最後までは見届けることなく勘兵衛は、身体をよじるようにしながら、前帯に差していた鉄扇をふるった。

八次郎を突いた遅れで、刀では間に合わぬ、と思ったのだ。

かっ、と小さな音を発して地に落ちたのは、まちがいなく矢であった。

卑怯にも、何者かが、榎に登って上方から矢を射かけてきたのだ。

矢が射かけられたのが合図のように、左の雑木の影から人影が湧き出た。半町ばかり先だ。

一人、二人……。

数えながら、勘兵衛は身を低くしながら鉄扇を構えた。

構えつつ、つつっと左ににじり寄って、路傍の楓《かえで》の木を背に立った。

賊どもの狙いは、勘兵衛であろう。

それで敢《あ》えて、八次郎とは反対側を選んだのだ。

その間に、左と右から姿を見せた賊は五人、それぞれの手には白刃が握られ、夏の陽光にぎらりと光を放っている。

内、三人は明らかに武士姿だが、あとの二人は装束《なり》からいって、峠下の茶屋にいた男たちにちがいない。

この暑いのに、五人が五人ともに覆面をしている。

「何者だ！」

言いつつ、勘兵衛は左手で塗笠の紐を解いた。答えはない。

だが、じりじりと距離をつめてくる。

飛び出してきたはいいが、襲撃を仕掛けてくるには、あまりの急坂だった。

(馬鹿め)

勘兵衛は、正直そう思った。

坂上から賊は来たが、坂下は空白だ。

駆け下りて逃げる、とまでは想定していないようだ。

(烏合《うごう》の衆か……)

剣の腕までが露呈して、勘兵衛に余裕が生まれた。

左手で愛刀の鯉口《こいぐち》を切りながら、ゆっくりと鉄扇を帯に戻す。

そのとき、樹上から二の矢が放たれた。

悟るや、勘兵衛はつつっと斜め前に、飛びくる矢の方向に足を運ばせながら、身体を反転させた。

腰の埋忠明寿《うめただみようじゆ》は二尺六寸五分、柄頭《つかがしら》は八寸五分という長刀だ。

平地とちがい、急坂に向かって抜き放つには、やや難がある。

それで身体を反転させながら、坂下に向かって居合で抜いて、それでも十分なゆとりを残して矢を両断した。

間髪を入れず、勘兵衛は埋忠明寿の長刀を右肩に乗せ、翻然《ほんぜん》と坂上に向かった。

背にした打飼いが上下する。

その間にも、ちらりと八次郎が起きあがっているのを確かめている。

賊の五人は、立ちすくんでいる。

飛翔する矢を、目にもとまらない早業で断ち切ったのを目にしただけではなく、今度は勘兵衛が敢然として迫りくるのに、浮き足立ったのだ。

しかも、峠道は狭い。

五人は、肩を寄せ合う窮屈なかたちで、刀を前方に突き出しているだけだ。

なにやら、わめき合っている。

槍衾《やりぶすま》ならぬ、白刃を五本突き出しただけの賊に、およそ三間の間をおいて勘兵衛は止まった。

そのとき――。

「わっ！」

右頭上の樹木の茂みに潜んでいた射手《いて》が、驚愕の声をあげて、落下したと思ったら、

「げっ！」

五人並んだ、右から二番目の賊が、額を押さえてのけぞった。

(ほう！)

勘兵衛は、八次郎の思わぬ特技を発見していた。

八次郎が樹上に向けて、続いて賊に向けてと石礫《いしつぶて》を飛ばしたのは明らかだった。

坂上の賊は狼狽し、早くも逃げ腰の者もいる。

だが、賊の一人が、

「こなくそ！」

道を外れて雑木に飛び込むや、藪を漕いで、八次郎に向かおうとしている。

そして勘兵衛を躱《かわ》してから、再び峠道に戻った。

その機を見逃さず、

「えい！」

勘兵衛は、機敏に動いて刀を薙《な》いだ。

「わーっ」

賊は、大仰な悲鳴をあげた。

(右のふくらはぎを、浅く斬ったつもりだが……)

その賊は、逃れようと駆けだしたところが、斬られた右足がいうことを聞かず、どうと転んだはずみに、勢い余って坂を転がり落ちはじめた。

転がりながら刀を放り出したのは、己の刃で自傷するのを避けたのだろう。

そんな姿を、勘兵衛がいた楓の木のところまで移動して、刀を抜きはなった八次郎が、あきれたように見ている。

「八次郎、殺すでないぞ」

声をかけて目を坂上に転ずると、これまたあきれたことに、残る賊の四人は先ほどから、少しも動けずにいる。

というより、相変わらず、わめき合っていた。

すでに戦意は喪失しているようだ。

(困ったやつらだ……)

何者かはわからないが、待ち伏せしてまで襲撃を仕掛けてきながら、とんだ体《てい》たらくではないか。

思いながら、再び埋忠明寿を肩に、勘兵衛がじりっと間合いを詰めはじめるや——。

尻っ端折りの二人が、八次郎に額を割られた武士を、引きずるようにして、右手の藪へと転がり込んだ。

残った一人も——。

「退《ひ》け、退けぇ！」

怒鳴るなり、また藪へと消えた。

その声が届いたか、坂下に転がっていた男も、放り出した刀を拾う暇すらなく、這うようにしながら、山の斜面に転がり込んで消えてしまった。

2

血振りをして、刀を鞘に戻すとき、

(この刀で……)

初めてひとを斬ったな……。

もっとも古刀で求めたものだから、これまでに血を吸ったことはあるかもしれない。できれば、あまり人は斬りたくないのだが……。

複雑な気分の勘兵衛の元に、

「いや、驚きました」

楓の下から、勘兵衛が脱ぎ捨てた塗笠を拾ってきた八次郎が言う。

「何者ですか。あやつら」

「見当もつかぬ。それより、おまえ、あの石礫は見事だったな。なにゆえ、これまで隠しておったのだ」

「はあ……。そんな、隠すだなんて……。いや、我ながら驚いております。金杉橋が、まだ土橋であったころ、春になるとボラが群れをなして金杉川を遡上するのを、よく石礫で獲ってはおりましたが……」

「ふうん。それにしてもたいしたものだ。その才は大事にせねばならぬ。鍛錬を積んで、技を磨いておくのがよかろうな」

「そういたします」

言って、八次郎が後ろを振り向いた。

「どうしましょう。あの刀」

坂に放り出したまま、持ち主は消えている。

「証拠の品だ。矢幹《やがら》と一緒にして持ち帰ろう」

抜き身で運ぶわけにもいかぬから、

「六尺にでも、くるむか」

「え、そんな……」

八次郎は目を丸くした。

仮にも武士の魂という剣を、褌《ふんどし》などでくるんでよいものか、と言いたいらしい。

「道端に放り出して、逃げるような奴の刀だ。かまうものか」

それよりほかに、適当なものも思いつかない。

結局は、八次郎の替えの六尺褌で、切断された矢幹も一緒くたに、柄《つか》のところまでぐるぐる巻きにすると、とても刀とは見えなくなった。

それを八次郎の打飼いの上に結びつけ、再び峠道を上る。

ほんの少しで峠の頂きとなり、山間《やまあい》を通る下り道はよほどに緩やかになった。

この一帯、一年を通して樹木や野草の花が絶えないところだ。

それで峠下の村は花山村といって、この坂戸峠は、花山峠とも呼ばれている。

(なにゆえに……)

自然に足も速まりながら、勘兵衛は考えている。

賊は、落合勘兵衛と知って襲ってきたのか、それとも、そうではないのか——。

(そこがわからぬ……)

なにしろ勘兵衛は三歳のときの豪雪の際に、父が雪はねをした屋根から飛び降りて雪に埋もれ、あわや命を失いかけた。

それを滑り出しに、折折に城下を騒がせているうちに、とうとう〈無茶の勘兵衛〉の異名をとって、城下の名物男になってしまった。

だから勘兵衛は相手を知らずとも、相手のほうは勘兵衛の顔を見知っている、ということが多い。

（しかし……顔は見えなかったはずだ）

勘兵衛は、塗笠をかぶっていた。

あの見張りだったと思える男たちが、離れた距離から勘兵衛の面体《めんてい》を確かめたとは思えない。

（では、百歩譲って……）

きょうあたり、勘兵衛が帰郷することは父母以外にも、塩川家や伊波家などが知っている。

それで、それらしいと見当をつけたのか。

だが勘兵衛が、帰郷にこの道筋を通るとはかぎらない。

この美濃街道の先は、水落町から大野城下に入り、春日町から穴馬道に入って美濃に至る。

かつて勘兵衛が単身で江戸に向かうとき、辿った道筋も穴馬道であった。

さらには、勝山藩領から九頭竜川を渡る道筋もある。

（あるいは……）

そんな各所に分かれて見張っていたか、とも考えたが、どうにも腑に落ちない。

第一、狙われる覚えもない。

（すると……）

あれは、旅人の懐を狙う盗賊の一味であったのか……。

それも、納得がいかない。

ああでもない、こうでもない、と考えたが――。

（どうにも解《げ》せぬな）

であった。

峠の下り道も終わりかけるところに、大野藩の口留番所がある。

この番所は、各街道の要所要所に、草渡り番所、花山番所、若王子《にゃくおうじ》番所、勝原《かどはら》番所と四ヶ所が設けられていた。

ついでながら現代では、若王子番所跡は人造湖の底に沈む。

「八次郎、笠をとれ」

自らも、塗笠を取りながら花山番所に入った。

すると――。

三人いたうち、いちばん若そうな役人が、

「や。もしや、無茶勘《むちゃかん》どのではないか」

と声をかけてきた。

勘兵衛には、三人とも、とんと見知らぬ顔であったが、

「はい。落合勘兵衛でござる」

苦笑しながら、小さく腰を折った。

すると、他の役人も、

「おう。江戸でのご活躍は、我らの耳にも入ってござる」

とか、

「いやいや、ご立派になられたのう。此度《こたび》の帰郷は、吉事《きつじ》と聞いておるぞ。いや、めでたいことじゃ」

口ぐちに言う。

どうやら勘兵衛の帰郷は、城下にあまねく知られているようである。

「ところで、ちとお尋ねをしたいのですが」

勘兵衛が言うと、

「はて、なんでござろう」

「は、きょう、御家中の方で、この番所を通って峠に向かった方は、いかほどございましたか」

「はて……」

　役人たちは、顔を見合わせてから答えた。

「百姓に馬人足、商人たちなら何人も通ったが、御家中の者となると……、ふむ、誰も通らなんだが」

「若党や、中間《ちゅうげん》たちも？」

「それらしいのも見かけなかったが、なにぞ、ござったか」

「いえ、いえ、それならいいのです。それでは御免《ごめん》」

　結局のところ、八次郎は勘兵衛の連れということで、名さえ聞かれなかった。

「すると、あやつら……」

　再び、菅笠をかぶりながら、八次郎がつぶやくように言った。

「うん。番所は避けたようだな」

「そんな抜け道が、ございますのか」

「いや、道というのではないがな」

　やがて峠下のあたりから道は拡がり、山の端を右へと曲がっていく。

　曲がると、そこに、茫茫とどこまでも広がる稲田が出現した。

　牛ヶ原、という。

青青と育った稲が、右に左に緑の稲波《いななみ》を作っている。

畦の雑草を抜いている、農民の姿もちらほら見えた。

「ずうっと先に、山肌が見えよう」

右手を指し示しながら、勘兵衛は言う。

「はい」

「道なき道と言おうか、要するによじ登っていけば、先ほどの峠道に出るのだ」

「なるほど」

（それほどの苦労までして……）

再び、勘兵衛の胸に疑念が兆した。

それを押しのけるように、勘兵衛は行く手に目をやった。

遠く、とんがり山のような飯降山《いふりやま》が望まれた。

見馴れた風景に出会って、ようやく勘兵衛は、故郷に戻ってきた、という実感がした。

「この原を抜ければ、中野村というのがあって、そこを過ぎると、いよいよ城下町だ」

「さようでございますか」

八次郎の声もはずんだ。

旅の終わりが近づいている。

勘兵衛主従が、清水町の実家に帰り着いたのは、まだ七ツ（午後四時）前だった。

3

勘兵衛が門をくぐると、横手の庭先に父の孫兵衛の姿があった。

肩衣《かたぎぬ》をつけた半裃《はんかみしも》姿だが、腰のものはない。

両手を後ろに組んで、なにやら所在なげに行ったり来たりしているようだ。

「父上！」

「お！」

はじかれたように、こちらを見た。

「お久しゅうございます。お元気そうでございますな」

「うん、うん、風邪ひとつ引かぬわ。おまえも元気そうだ」

「おかげさまにて、このとおり」

「よし、よし。それにしてもなんじゃ。日にちは報せてくれたが、どの街道で来るのかがわからぬゆえに、迎えにも行けなかったではないか」

「ははあ……。それは、あいすまぬことでございました」

見るところ、父は正装をして、勘兵衛を今か今かと待ち受けていたようである。

「いや、無事でなによりじゃ。さあ、上がれ上がれ。母者も首を長くして待ち受けているぞ」

八次郎を父に引き合わせたのち、玄関に入ると、もうそこには、母の梨紗《りさ》が正座していた。

「お帰り、勘兵衛」

心なしか、目がうるんでいた。

「はい、母上にもお変わりなく……」

「さ、さ、荷を下ろしなされ。すぐにすすぎ水もくるほどにな。ほれ、そちらのお方、新高八次郎どのでございましょうか」

八次郎にも声をかけた。

「は。初めてお目にかかります。拙者、ふつつかながら、勘兵衛さまにお仕えする新高八次郎でございます」

八次郎は、元気よく挨拶した。

「それは、まあ、遠いところを、ようお供をしてくだされました。勘兵衛の母で、梨紗と申します。さ、さ、あなたさまも荷を下ろしなされ」

「ありがとうございます」

二人して玄関の式台に腰掛け、草鞋を解いている間にも、

「なあ、勘兵衛」

母が小声で言う。

「はい」

「父上がことじゃ。城下がりで戻ってくるなり、まだか、と言われてな。いったんは座敷に入ったのに、すぐ玄関脇に出て、そわそわそわ、まあ、落ち着きのないことじゃ」

すると、まだ玄関に突っ立っていた孫兵衛は、

「こほん」

と、しわぶいたのち、

「座敷にて、待っておるぞ」

そそくさと立ち去っていった。

そこへ、下働きらしい女に下男らしいのが、それぞれ水盥《みずだらい》を運んできた。

勘兵衛には初めて見る顔だ。

勘兵衛が江戸にいる間に、父の孫兵衛は、隠居の座から目付役に取り立てられて、新たに百石を賜わっている。

体面もあって、勘兵衛の百石と合わせれば、雇い入れた者たちであろう。二百石の家となったのだ。

さらには、今は使いに出して留守だが、望月三郎《もちづきさぶろう》という用人兼若党も雇っているという。

かつては、下働きさえ一人もおらず、黙黙と孫兵衛が竹箸作りの内職をしていたころを思うと、勘兵衛にも一入《ひとしお》の思いがある。

さて、泥土で汚れた足も洗い終わると、八次郎が言った。

「旦那さま。狭くともかまいませぬので、わたしには、どこか別室をお貸しくださいませぬか」

「ふむ?」

「久方ぶりのことでございます。つもる話もございましょうし、親子水入らずのほうが……よろしいかと」

「それもそうか」

八次郎なりに、気遣っているようだ。

すると母が、

「藤次郎の部屋が、空いております。そちらを使っていただきましょう。これ、忠《ちゅう》次《じ》、新高さまをご案内なされ」

まだ三十前と思われる下男の名が忠次、下働きの女は、五十がらみで、はつ、という名であった。

「お持ちいたしましょう」

忠次が八次郎の打飼いを持とうとすると、

「あ、いや。それには及ばぬ。自分で運ぶ」

八次郎があわてたように、とどめた。

その打飼いには、六尺で包んだ抜き身が結びつけられている。

――よいな。しばらくは、あの峠でのこと、口にするではないぞ。

帰郷のそうそう、父母《ちちはは》に、余計な心配をさせたくなかったので、口止めをしておいたのだ。

勘兵衛が庭に面した座敷に入ると、縁側にはおびただしい衣類や書物が並べられている。

（そうか。きょうは土用の日か）

雨天でないかぎり、この日に虫干しをするのが年中行事のひとつであった。

やがて親子三人揃っての夕食も終わり、だんだんと夜も更けてきたが、話は尽きない。

江戸でのこと、大野でのこと、園枝のこと、これからの段取り――。

そんな話の合間に、

「勘兵衛、どうじゃ。こっちのほうは」

孫兵衛が、酒を飲むしぐさをした。

「はい。いささかは」

「ほう、そりゃ、頼もしい。なあ」

孫兵衛が、梨紗のほうを向くと、

「はい、はい。すぐに調えてまいりましょう。冷《ひ》やでよろしゅうございますか」

「この夏場に燗酒でもあるまい。それでよい」

「では、しばしお待ちを」

母が、座敷から出ていった。

「しかし、あすのお勤めに、差し障りは出ませぬか」

実は勘兵衛、父が自宅で酒を飲む姿を、あまり見たことがない。

せいぜい記憶にあるのは、正月と〈はげっしゅ〉の日に、まるまる一本の焼き鯖を食うときくらいであった。

〈はげっしゅ〉は、夏至から数えて十一日目にあたる半夏生《はんげしょう》のことで、これは大野弁である。

それなので、父が、酒に強いのか、弱いのかがわからなかった。

「なんの。うまい具合に、あすは非番じゃ」

「さようで、ございましたか」

大野城の勤番も、江戸同様に、二日勤めの一日休みであった。

「風を入れよう」

言って孫兵衛は立ち上がり、庭に面した障子を開け放った。

月光が、庭の樹木に陰影をつけている。

「それよりも、勘兵衛」

孫兵衛は床の間の刀掛けを見て、

「腰のものを変えたか」

と尋ねてきた。

「お目にとまりましたか」

「とまらいでか。あのような長刀、わしゃ、これまでに目にしたこともないぞ」

「お断わりもいたさず、申し訳もございませぬ。父上から戴いた刀は、大切にしておりますので」

「そんなことは、かまわぬ。だが、あのような業物《わざもの》、おまえの手に負えるのか」

「はい。江戸にて、縁あって近づきになりました、さる老武芸者から、伯耆《ほうき》流の奥義《おうぎ》や秘剣の技を授けられましてね」

「なに、伯耆流の奥義というと、あの〈磯之波《いそのなみ》〉のことか」

勘兵衛の横に座しながら、孫兵衛が言う。

「ご存じで……」

「いや、話に聞いただけじゃ。居合術であろう」

「いかにも。で、その武芸者が申すには、剣は長ければ長いほどよい、と……。拙者の背丈なれば、二尺七寸はほしいところだ、といわれましてな」

「ふうむ」

感心したような声を出し、検《あらた》めるように床の間に目をやる孫兵衛であった。

「その武芸者は、残念ながら身罷《みまか》りましたが、三尺一寸の長刀を自在に操って、それは見事なものでございました」

「なんと、三尺一寸か」

「はい」

「それを、自在にな」

感心した声になっている。

「特に、構えたふうも見せず……」

そのときの光景は、今も鮮やかに勘兵衛の脳裏に残っている。

江戸、猿屋町の勘兵衛の町宿にある狭い庭でのことだ。

老武芸者の名は、百笑火風斎《どうめきかふうさい》といった。

(あれは、梅雨のころで……)

庭の大徳寺垣の向こうには鳥越川《とりごえがわ》があり、梅雨を集めた川の水音だけが聞こえていた。

三尺一寸の長刀を腰に、火風斎は無造作に庭に下り――。

さしたる構えも見せず左手で、ちょいと鍔《つば》を持ち上げたと思ったら、次の瞬間には、低い気合いとともに抜き放たれた三尺一寸が、曇天に一閃した。

そして血振りののち、刃は静かに鞘に収まったが、その間は、まさに刹那のように早かった。

さらに驚いたことには、木の葉一枚とて落ちなかったが、実際には庭に成っていた李《すもも》の果肉が、半ば断ち割られていたのである。

そして言った。

——斬るは、刃先五分（一・五《セン》《チ》）のみ、すなわち鋩子《ぼうし》にて、ひとを倒すが真骨頂。

と——。

鋩子とは、剣の切先にある三角形の波紋の部分だ。

「ほう。刃先五分か」

目を丸くした孫兵衛が、

「一度、見てみたかったのう」

「お望みなら、いつにても」

勘兵衛が言うと、

「なに……」

孫兵衛は、まじまじと勘兵衛を見つめた。

そして言った。

「いや……。ふうむ。こりゃ鳶《とんび》が鷹《たか》を生んだか」

感に堪えたような声を出した。

そのとき、梨紗が白鳥徳利と、盆に乗せた盃とともにやってきた。

後ろからは急いで作ったらしい肴を載せた膳を、捧げ持つようにして、はつが運んでくる。

「トンビが、どうかいたしましたか」

梨紗が言うのに、孫兵衛は、

「なんでもない。武芸談義のさいちゅうだ」

「それは、どうも。わたしはお邪魔でございましょう」

行きかけるのに、

「母上、あの八次郎。見かけによらず大食漢でございますゆえ」

「そのようで、ございますな。はつが、あわてて飯を炊き足したようでございますよ」

言われて、はつは、口元を隠して笑った。

（八次郎め、大食らいのうえに、遠慮というものを知らぬのか）

思わず苦笑した勘兵衛に、梨紗が言う。

「あの方にもご酒《しゅ》を、お出ししておきましょうかの」

「いや。あやつは、どちらかというと下戸《げこ》でございますから……」

「ならば、菓子でも出しましょう」

「ご厄介を、おかけいたします」

「なんの。大事な伜の若党ではないか」

身軽く動く母は、まだまだ若若しい、と勘兵衛は思った。

4

障子戸を開けた縁先に、忠次が蚊いぶしを置いていった。

「ま、ひとついこう」

孫兵衛が白鳥徳利を持ち上げ、うながした。

「は。では」

勘兵衛は盃で受け、

「では、お父上も」

徳利を父から受け取って、酒を注ぐ。

「では」

「いただきます」

互いに盃を目の高さまで持ち上げたのち、口に運んだ。

だが、孫兵衛は、すぐに盃を置くと再び目を床の間に転じて、

「銘は、あるのか」

と尋ねてきた。

「埋忠明寿《うめただみょうじゅ》でございます」

「埋忠……」

「はい。山城国西陣《やましろのくににしじん》の……。慶長《けいちょう》のころの刀工で、足利将軍家や織田信長や豊臣秀吉にも仕えたとか」

「ほほう。それはまた歴歴たる……」

「棟口《むねくち》に、見事な彫刻が施されておるのです。一目で虜《とりこ》になりました。もっとも、松田さまに買っていただいたのですが」

「そうか。江戸留守居さまにのう。いや、ありがたいことじゃ」

ふっと、ことばを途切れさせたのち、

「見せてもらうてよいか」

「もちろん」

勘兵衛は立ち上がり、埋忠明寿を父に託した。

その間に、孫兵衛は酒膳から少し離れた場所に移って、懐紙を口にしている。

これは刀身に息を吹きかけないための作法であると同時に、唾液を飛ばさぬために、口は開かぬという戒めでもあった。

いずれも、錆《さび》の元となるからだ。

まずは少し刀身を引き出し、孫兵衛はまじまじと不動明王像の浮き彫りを、じっくりみつめ、次には裏返して飛龍《ひりょう》を楽しんでいた。

早くも行燈の灯を恋うて、夏虫がぱたぱた音を立てていたが、孫兵衛は身じろぎもしない。

やがて鞘走らせたのちは、袂に引っ込めた手で刀身を受け、ためつすがめつ眺め入っている。

「…………」

（釿子の曇りに、お気づきだろうか……）

つい、数刻前に、切先が賊のふくらはぎを斬っている。

血振りだけはしておいたが、おそらくわずかな曇りは残っていよう。

だが孫兵衛は、なにごともなかったように、刀身を鞘に戻して、勘兵衛に手渡した。

口から、懐紙をはずして言う。

「けだし、名刀じゃ。我が家《いえ》代代の家宝ともなろうな」

「お褒めいただき、恐縮です」

「うむ、さ、飲み交わそうぞ」

ときおり風の加減で、蚊いぶしの煙が入ってくる。

蓬《よもぎ》や松葉の入り交じった匂いだった。

煙の向こう、庭の松の枝先に、ほぼ満月に近い月が引っかかっている。

静かな晩夏の夜だった。

会えば、あれもこれもとあったはずなのに、驚くほどに会話は弾まない。

いや、互いに酌み交わしながら、互いの万感の思いは一掬《いっきく》の酒が伝えている。

梨紗が、ときどき顔を覗かせて、替えの酒を運んでくる。

「父上は、なかなかの酒豪でございますな」

「なにを言う。おまえこそ、いつの間にそのように飲めるようになった」

母のいる間だけ、無理にもことばに出している父子である。

おだやかな笑顔を見せて梨紗が去り、その足音が消えるのを待って孫兵衛が言った。

「手入れの道具は、あの、地袋《じぶくろ》戸棚の中じゃからな」

刀剣の手入れ道具のことであろう。

目釘抜きや打粉《うちこ》、拭い紙や丁子《ちょうじ》油などが揃った箱だ。

「は。あすにでも、拝借つかまつる」

やはり父の目は、切先の脂に気がついていたのだ、と勘兵衛は悟って、ことばを継いだ。

「お母上に、ご心配をおかけしては、とあすにも話すつもりでございましたが……」

「わかっておる。おまえの若党が、打飼いになにやら、おかしなものを結《ゆ》わいつけておったでのう。気にはなっていたのじゃ」

「さすがは父上ですな。お目が早い」

「これでも目付じゃ」

「おそれいりました」

「世辞はよい。なにがあった」

「はあ、実は……」

坂戸峠の一件を、勘兵衛は詳しく説明した。

「ふうむ……。何者であろうな」

孫兵衛は、眉間に皺を寄せた。

「いろいろ考えましたが、とんと見当がつきませぬし、心当たりもございません。五人が五人とも覆面をしておりましたし」

「ふむ。一人は手傷を負うておるし、それに刀に矢も残っているとくれば、早晩、正体も知れようよ。とりあえずは、明日、登城前の大目付に届けることにしようか」

「塩川さまに……」

塩川益右衛門——勘兵衛の婚約相手、園枝の父親なのであった。

夕餉のときの段取りでは、勘兵衛が塩川家に挨拶に向かうのは、あとしばらくのちのはずであったのが、急遽、明朝ということになって、勘兵衛は少しとまどう。

「挨拶は挨拶、これはこれじゃ。別物と思え」

「承知いたしました」

が——。

(あすにも園枝どのと再会できる、かもしれぬな……)

勘兵衛の胸は、少しときめいた。

「あ、これは忘れぬうちに、お耳に入れておきますが……」

「なんじゃ」

「はい。昨夕は福井城下に宿をとりましたが……」

そののち、愛宕山の茶寮に出かけ――。

現福井藩主の松平昌親が隠居して、養子の松平綱昌が跡目を相続することに、公儀から許しが出た、と勘兵衛は耳にした。

「そうか。ちらちらと噂には聞いておったが、いよいよのう」

孫兵衛は、酒を口に運びながら嘆息し、

「人ごとも思えぬ。我が主君は高齢で、その跡継ぎが、どうにも頼りなさそうじゃし、まだ御嫡男の誕生もない。頼りといえば、勘兵衛……」

「よくわかっております。伊波利三も、塩川七之丞も、そのあたり、十二分に心得てがんばってございますゆえに、どうか、ご心配なく」

「うむ。頼んだぞ」

父子の酒盛りは、こうして静かに続くのであった。

5

翌朝――。

洗顔をして髭をあたったのち、勘兵衛は庭に出て、道中の間は休んでいた真剣の稽古を、半刻ばかりこなした。

その様子を、途中から顔を覗かせた孫兵衛が、縁側に正座して見物をはじめた。

「父上」

「うむ」

「さっそくながら、昨夜話しました〈磯之波〉を……」

「うむ、うむ」

庭の片隅に木瓜《ぼけ》の木があり、まだ一寸にも満たない、緑色の若い果実が幾つもついている。

勘兵衛は、そのひとつに的を絞ると、

「やっ！」

光芒一閃《こうぼういっせん》、血振りののちに、埋忠明寿を静かに鞘に収めている。

「ふむ……」

孫兵衛は目をしばたたかせたのちに、

「斬ったのか？」

「は」

「ううむ……」

呻いたのち、孫兵衛は庭下駄を履いて出てきた。

「ここでございます」

勘兵衛が指さした小さな木瓜《もっか》には、わずかに一分（約四ミリ）か二分ほどの刀傷があった。

「うーむ」

孫兵衛は低くうなって。

「いや、声も出ぬとは、このことよ」

と言った。

そこへ――。

「おはようございます」

若党の八次郎が、水盥と手拭いを持ってきた。

八次郎が固く絞って差し出す水手拭いで、勘兵衛は汗を拭う。

これは、夏冬を分かたず、勘兵衛の庭稽古のあとの八次郎の日課でもある。

八次郎の朝の日課は、もうひとつあって、勘兵衛の月代《さかやき》を剃り、襟足を整えることだ。これを日剃《ひそり》という。

ちなみに元結《もとゆい》を切っての結い直しは、十日に一度くらいであった、

「旦那さまの御髪《おぐし》は、お母上様がなさるとおっしゃいまして……」

水盥で手拭いを洗い、固く絞ったのを再度勘兵衛に手渡しながら、八次郎が言った。

「ふむ……。母上がか」

傍らの孫兵衛を見ると、

「世話を焼きたいのであろう。やらせてやれ」

笑みながら言った。

「は、ありがたく」

そういえば、姉の詩織《しおり》が嫁いで以来、父と勘兵衛と弟の藤次郎の髷の手入れは、すべて母の仕事であったな、と改めて思い出す。

そうでない家も多いが、日剃は落合家の家風であった。

それも、朝食前と決まっている。

「さ。勘兵衛、そなたの番ですよ」

孫兵衛の分をすませて、梨紗が呼ぶ。

「母上、よろしくお願い申します」

「はい、はい」

「少し、髷がゆるんでおりますな。結い直しましょう」

「は、ありがたく」

元結を切ってざんばらになった髪を梳《くしけず》りながら、梨紗が言う。

「のう、勘兵衛」

「はい」

「朝食ののち、塩川さまの御屋敷に行くそうじゃが、なにかござったかの」

「いや、園枝どのとは別の、御用向きのことにて……」

「そうかえ、旦那さまも、そのように言われておったが……」

やはり気になる様子であった。

「松田さまの伝言が、ございましてな」

「そう、それならいいのだけど……」

松田からの伝言は、国帰り中の主君の健康状態についてであって、時を争うほどのものではない。

その点が、少し勘兵衛には心苦しかった。

昨夕同様に、朝食の膳を親子三人で囲んだのち、勘兵衛たちは清水町の屋敷を出た。

まだ五ツ（午前八時）には、もうしばらく、といった時刻である。

孫兵衛には下男の忠次、勘兵衛には八次郎が供の四人連れであった。

大野城は亀山の頂きに、天守閣を朝日に光らせて誇らかであった。

大野城下には、本願寺清水をはじめとして、いたるところに湧水があって、これが町を潤している。

城郭の東に百間堀があり、その東の柳町《やなぎまち》は武家地だった。

家中でも、主《おも》だった士の屋敷が、ずらりと並ぶ。

塩川益右衛門の屋敷もまた、柳町にあった。

一本、東の通りからは町地となって、一番町、二番町と順次、五番町まで、碁盤の目のように街路が通る中央に上水路が設けられて、南から北へと流れている。

さらに東の寺町通りだけは、やや道幅が狭いため、上水路は片側を流れていた。

下水路は、家家の裏手を流れて北へ落ちる。

生活用水にかぎらず、豪雪地帯の、この町にとって、上水路も下水路も雪消しにはなくてはならないものであった。

（ん……）

掘端で揺れる柳の下を北に進んでいた勘兵衛が、

「父上」

思わず呼びかけたのは、ほかでもない。

一町（一〇〇メートル）以上も先だが、一人の武家娘が老爺を供に、こちらへやってくる。

勘兵衛は目をこらしながら、

「もしや、あれは園枝どのでは……」

「なんじゃと」

孫兵衛も、しばし目をこらしていたが、

「ふむ。そのようじゃ」

園枝のほうでも、勘兵衛に気づいたか、やや足が速まった。

じっと、勘兵衛を見つめてくる。

その視線は、昔どおりに物怖《ものお》じのないものだった。

（美しい……）

だが、その面貌に、もはや少女の残映はなく、といって色香が滲むでもなく、むしろ気品さえ漂わせているのだ。

勘兵衛の胸は、いやが上にも高まった。

やがて、園枝が眼前にきた。

「おはようございます。おじさま。それに勘兵衛さま」

小さく腰を折って、園枝が挨拶をした。

「おはようござる。一別以来でございました」

勘兵衛は、なにやらこわばった心地で挨拶を返した。

園枝は――。

錆浅葱《さびあさぎ》の振袖に萌黄《もえぎ》の繻子《しゅす》帯を、やや胸高にきりりと締め、高島田の下の瞳が、きらきらと輝いている。

一文字に結ばれた唇が、意志の強さを表わしていた。

二人の緊張した様子を見てか、孫兵衛が、いかにものどかな声をあげた。

「いや、実は塩川どののがご登城の前に、伝えたきことがござってな。これから御屋敷に伺う途中なのじゃ」

「まあ」

園枝が驚いた声を出した。

「まだ、ご在宅でございましょうな」

「はい、登城までには、ずいぶんと間がございますれば」

「さようか。で、園枝どのは、こんなに早うから、いずれへ行かれるのじゃ」

「…………」

ぽっと、その頬に朱がさした。

そのとき、園枝の供の老僕――たしか源吉《げんきち》といった――が、口を開いた。

「そのう、お嬢様は、勘兵衛さまがお戻りになったとお聞きになられましてな。それで、そのう……」

園枝が羞じらいの色を浮かべたのを見て、孫兵衛は――。

「おう、そうか。それでは危うく、行きちがいになるところであったな」

言うと、勘兵衛に向かって、

「勘兵衛、園枝さまを、我が家にご案内せよ。例の話なら、この新高どのので勤まろうほどにな」

父の機転に、勘兵衛はうなずき、

「では、そのようにさせていただきます。では、園枝どの、ご案内をいたしましょう」

「おそれいります」

それに老僕がついていこうとするのに、

「これ、源吉、勘兵衛がおるからには、もう供など必要ないわ。おまえは、我らが訪ねることを、先に塩川どのにお知らせしておいで」

孫兵衛にたしなめられ、源吉は、

「あ、さよう。さようでございましたな。これ気の利かぬことで……」

ぺこんと頭を下げるなり、元きた道を駆け足になって戻っていった。

「それではな」

孫兵衛は言うと、ぽかんと園枝に見入っている八次郎の背を押すようにして、去っていった。

氷《こおり》の朔日《ついたち》

1

孫兵衛を見送った園枝が、頭を上げるのを待って勘兵衛は言った。

「では、まいりましょうか」

「はい」

二人並んで歩きはじめたが、どうにもことばが浮かんでこない。

互いに無言のまま、半町ばかりも過ぎて――。

ようやく勘兵衛が、ことばを口に乗せようとしたら、園枝も同時に口を開いていた。

「や！」

「あら！」

「いや、いや、やはり園枝どのからどうぞ」

互いにゆずり合ったのち、園枝が言った。

「先ほどの、新高さまとおっしゃいますのは……」

「ああ、つい、お引き合わせができませせなんだな。あれは、新高八次郎と申して、わたしの若党です」

「そういえば、兄上からの文《ふみ》に、そのようなことが書かれておりました。ほかに、下男もおられるとか」

「はあ。江戸留守居さまから、つけていただきまして……。なかなかに、うまい飯を炊くので助かっております」

「まあ、それでは、あまりご不自由もありませんね」

「まったくというわけにもいきませんが、欲を申せば、きりがござらぬでね」

「それにしても、御家来を二人もお持ちだなんて、すっかりご立派になられたのですねぇ」

「いや。まだまだ修行が足りませぬ。そうそう、そういえば、あの八次郎は、園枝どのと同い歳ですよ」

「そうですか。いえ、勘兵衛さまのお噂は、ときおり、わたくしの耳にも入ってまいりますのよ。江戸では……もう喧嘩などはなさいませんの」

「役目がらは別として、もう、無茶なことはしませんな」

「そうなの。じゃあ、その無茶が、そっくり、わたくしのほうに移ってきたのかもしれませぬよ。だって、今朝だって……」

　自然にほぐれていった園枝の口が、途中で止まった。

「今朝……。どうかいたしましたか」

「はい。ほんとうは、両親にも内緒で抜け出てきたのですよ。きょうだけじゃ、ありませんの。これまでも何度か、勘兵衛さまのお母上さまのところへ、内緒でまいったのですよ」

「それなら、母上からの文で、知っております」

「父上からは、無茶なことをする娘だと、あとでこっぴどく叱られました。勘兵衛さまも、さぞ、はしたない娘だと、あきれられたことでしょう」

「とんでもない。正直、嬉しく思いました」

「ほんとうに……」

「はい。嘘偽りなく、まぎれもなく」

　力をこめて言いながら、勘兵衛は、どこかこそばゆいような、面映《おもは》ゆいような気分に頬が火照《ほて》ってくるようであった。

そうこうするうちに、清水町の屋敷に着いた。

茶を出したきり、母は気を利かせて姿を見せない。

勘兵衛は、江戸土産の簪《かんざし》を園枝に手渡したあと、二人で庭を眺めながら、尽きない話に時を過ごした。

「ところで勘兵衛さま」

にわかに、園枝の目が真剣なものになった。

「はい」

「実はきょう、こうして無理にも、あなたさまに会いにきたのには、ちょっと子細がございます」

「はて、なんでしょう」

「はい。これは、わたくし一人の胸に収めていることで、誰にも話してはおらぬのですが……」

「ふむ」

なにやら、勘兵衛の胸の底で屢立《しばた》つものがあった。

「実は、小野口栄三郎《おのぐちえいざぶろう》さまのことでございます」

「小野口……栄三郎」

勘兵衛は小さく口中で、その名をつぶやき、

「お！　園枝どのと縁談のあった御仁ですな」

たしか、郡奉行の嫡男と聞いていた。

「はい。仲立ちされましたは、物頭《ものがしら》の沓籠押二《くつかごおうじ》さまでございました」

小野口栄三郎が、墓参中の園枝を見初《みそ》めてはじまった縁談だったという。

だが、その縁談を持ちかけられた直後に、園枝の実兄である塩川重兵衛の不幸があって、そのまま話は沙汰やみになっていた。

やがて重兵衛の喪が明けてのち、再び縁談が蒸し返されたが、そのつもりはないとの園枝の意向が、仲立ちの沓籠に伝えられた。

その旨は小野口家にも伝えられ、縁談は円満に解消したという。

ところが――。

「この、氷《こおり》の朔日《ついたち》のことでございます」

氷の朔日というのは、六月一日のことだ。

暑さに向かう、この時期――。

この日には特別の意味があって、宮中では氷室《ひむろ》から出した氷を、臣下に分け与える

〈氷の節会《せちえ》〉という行事がある。

民間でも、少しずつかたちが異なる、さまざまな行事があった。

大野の城下において、商家や農家では、この日は遊びの日とされて、家中《かちゅう》には亀山南麓の氷室を開いて、氷が配られた。

園枝は、その氷を受け取りにいった帰り道、ぱったり小野口栄三郎と出会ったと言う。

そして園枝との間に、おおむね、次のような会話があったらしい。

――近く、落合勘兵衛が戻ってくるそうですな。

――さて、なにゆえ、そのようなこと仰せられる。

――まあ、よいわ。ただし、ひとこと、お断わりを申し上げておく。

――なにを、お断わりすると仰せられますか。

――武士の面目《めんぼく》というものがあるでな。

栄三郎は、そう言い放つと、足早に去ったそうだ。

おだやかではない放言に、園枝の胸は騒いだ。

「よほどに、父上に申し上げようかとも思いましたが、万一にも話がこじれれば、我が家と小野口家のみならず、仲立ちをなされた沓籠の御家も巻き込んでの騒ぎにもなろうか、と……」

見れば、うつむいた園枝の黒い瞳が濡れているようでもある。

この半月、よほどに気を揉んでいたのだ、と勘兵衛にも知れた。

縁談のもつれから、御家同士の争いにまで発展した例は、枚挙に暇《いとま》がないほどだ。

勘兵衛は言った。

「園枝どの。ご心配には及びませぬ。よくぞ、お一人の胸に収めてくださいましたなぁ」

すると、園枝は顔を上げるなり、勘兵衛の左の腕《かいな》に手を置いた。

「ほんとうに、ほんとうに、それでよかったのでしょうか」

「もちろんです。小野口家の当主が、どのようなお方かは知りませぬが、気性のありようで、どう入り組み、もつれるかもしれません。さすれば、塩川家、小野口家、沓籠家のみならず、我が落合家にも火の粉が飛んでくるのは必定」

それにしても、この恍惚感は何だろう、と勘兵衛は訝っている。

そっと置かれただけの、園枝の手から、なにかが放射でもしているように、勘兵衛の左腕から甘い痺れが這い上がってくるのであった。

「それゆえ、なにがあるにせよ、この勘兵衛と、小野口栄三郎の私事《わたくしごと》とするのがいちばんと思います」

このとき勘兵衛は、

(さては……?)

きのうの、峠での襲撃のことを思い浮かべている。

2

それから五日ばかり、勘兵衛には忙しい日日が続いた。

勘兵衛と園枝の仲人役である伊波仙《せん》右衛《え》門《もん》の屋敷へ挨拶に行き、仙右衛門夫婦とともに略式ながら〈たのみのしるし〉を持参しての塩川家への挨拶、といった具合に、しきたりに則《のっと》った礼法がある。

また、武家の婚姻には藩の許可が必要だったから、国家老をはじめとする執政たちへの挨拶も欠かせない。

その間を縫うように、落合家の親戚を集めての宴も催されている。

その宴席で、室《むろ》田《た》貫《かん》右衛《え》門《もん》が、そっと勘兵衛に近寄ってきた。

室田は、勘兵衛の姉の詩織の夫で、鷹匠町に住む八十石の徒《かち》小頭《こがしら》である。

「これは義兄上《あに》……」

「うむ。挨拶などはよい。それより、坂戸峠の一件じゃ」

声をひそめて言った。

「あ、はい」

「実は内内に、探索をしておるのだがな」

「ははあ、義兄上が……ですか」

「ふむ。本来なら目付衆の仕事だろうが、目付が動けば、なにかと目立つ。で、まあ、義弟に関わることゆえと、お鉢がまわってきたのだ」

「それは、お手を煩わせまして……」

なるほど、勘兵衛の父は目付だし、ことを大げさにしないためにも、との配慮があったようだ。

「いやいや。謝らねばならぬのは、こちらのほうでな。手は尽くしておるのだが、いまだ、一向に手がかりがつかめぬ……」

手負いの者がいるはずと、城下の医者を総当たりしたが、それらしき者が見つからないと言う。

「傷というても、浅手でございますからな」

そう深く斬った覚えはなかった。

「うん、残された刀のほうも、無銘の安物で、誰の者ともわからんのだ。聞いたところによれば、皆、覆面で面体を隠していたそうだが、なにか、ほかに手がかりになるようなものはないか」

「さよう……」

ちらりと考えたのち、勘兵衛は言った。

「抜刀の五人は、剣がまるきり駄目でございましたが、樹上より弓を使ったのは、矢筋から見て、そうとうの修行を積んだ者と思われますが」

「ふうむ……」

「わたしは、弓矢に詳しくはございませんが、ちらりと見分したところによれば、残された矢の矢幹《やがら》は篠竹《しのたけ》の焦篦《しょうの》、すなわち節《ふし》を火で焦がしたもので、矢羽根は高麗《こうらい》、これは黒白半分ずつの羽根であったようで」

「ふうむ……。詳しくないどころか、ただただ驚き入る」

「たまたまのことでございますよ。それともうひとつ、矢羽根は、いずれも乙矢《おとや》のようでございました」

「はて、乙矢……とは」

「はい、弓を射て、右に回転しながら進む矢を甲矢《はや》、左に回転するものを乙矢といいまして、これは弓する者の好みによるものだ、と、さる弓の達人から教えられました」

昨年のこと、勘兵衛を丹生新吾《にうしんご》の仇《かたき》と思い込み、丹生の一家はこの大野をひそかに脱藩して江戸に入った。

そして新吾の弟の兵吾《へいご》が弓の遣い手と聞いて、その対抗上、知り得た知識であった。

「ふむ、甲矢、乙矢のことは聞いたような気がする。はて……」

室田は言ったが、少し途方に暮れたような顔になった。

勘兵衛は、助け船を出すことにした。

「石灯籠《いしどうろう》通りの奥のほうに、日置《へき》流の弓術道場がございましたな」

「ふむ、なるほど」

「あるいは要町《かなめちょう》の矢場に出入りする者たち、鍛冶町あたりの矢師《やし》あたりを聞き込めば、なにか手がかりがつかめるかもしれません」

「ふむ、さっそくにあたろう」

長話になってすまぬ、と立ち上がりかけた室田をとどめ、盃を渡し、酒を注ぎながら勘兵衛は尋ねた。

「まだ姉上と、ゆっくりお話しする機会もございませんが、ご息災ですか」

「うん、うん。詩織はよくやってくれておる。今は台所のほうを手伝うておる。なにしろ伜が、ちょこまかと動きまわるものでな。なかなか目が離せん。あとで、座敷にくるように言うておこう」

「ご子息は、お幾つになりましたか」

「もう三歳だ」

「なんですか、無茶丸と名づけられたそうな」

するど、室田は、ぺたんと月代を叩いて、

「そんなことまで、耳に入りましたか。いや、いや、勘兵衛どのにあやかりとうてのう」

ぐびりと杯を干して、つけ加えた。

「というて、大雪に屋根から飛び込まれては困りますがのう」

3

宴もたけなわになったころ、また一人の男がやってきた。

ところが勘兵衛、その男のことを、よく知らない。

歳のころは、二十代半ばか。ひょろりと長い瓢箪《ひょうたん》顔であった。

その顔が笑いかけてきて、

「当方は存じてござるが、勘兵衛どのには覚えがなかろうな。拙者、落合頼母《たのも》と申す」

「頼母さま……。もしや、落合七兵衛《しちべえ》どのの……」

「さよう。さよう。そこの冷や飯食いじゃ」

もう一度笑った。

落合七兵衛は、大野城下では唯一、同じ落合を名乗る親戚筋で、百八十石の物頭《ものがしら》であった。

「あいにく父は体調悪く、兄の秀治《ひではる》は宿直《とのい》の日にあたっておってな。それで名代《みようだい》として参上した。以後、お見知りおきくだされ」

次男坊であるようだ。

「いえ、こちらこそ、お見知りおきください」

さっそく勘兵衛は盃を渡し、その返杯も受けた。

「ところでな……」

頼母は周囲を窺い、小声で言った。

「ちぃと、耳に入れておきたきことがあるのだが、この場ではまずい」

「そうですか。では……」

少し考え、

「別室にて……」

言って、勘兵衛は厠《かわや》にでも行くように、さりげなく立った。

少しあとから、頼母もついてくる。

勘兵衛は、人の気配のなさそうな部屋を選んで、するりと入って、

「どうぞ」

頼母を招いた。

行燈に火を入れていない部屋だから、なかは真っ暗だ。

それで襖《ふすま》だけは開けておいた。

廊下からの、わずかな灯りだけが頼りだ。

「さっそくながら……」

頼母が口を開いた。

「小野口栄三郎のことだ。以前に、塩川園枝どのと縁談があったことはご存じか」

「聞き及んでおります。それが、どうかいたしましたか」

つい先日の、園枝の切迫した様子が胸に浮かんだ。

「うん。実は栄三郎とは、道場が同じでな。石灯籠小路にある村松道場だ」

「そうでしたか」

「ふむ。いや、栄三郎というのは、決して悪い男ではないのだが、ちと、直情径行《ちょくじょうけいこう》の気味があってな」

「はあ」

「実は、園枝どのに一目惚れして父親に頼み込み、我が父と同役の沓籠どのを通じて、嫁にほしいと申し込んだ経緯がある」

「さようで……」

そのあたりは、すでに勘兵衛の知るところであったが、頼母はなかなか本題に入らないようだ。

「折も折、園枝どのの兄上に不幸があって、縁談が止まっておったが、当の栄三郎にすれば、もう園枝どのをもらえるものと思い込んで、大いに我らに自慢をしておったのだ」

「…………」

「ところが蓋を開ければ、縁談は流れ、栄三郎は大いに意気消沈した、というわけだ」

「ははあ」

まだ話は、見えてこなかった。

「ところが、近ごろ、園枝どのと、勘兵衛どのの縁談が調った、との噂が城下に流れてな」

「…………」

「それを聞いて、栄三郎は大いに憤《いきどお》ったわけだ」

「はて？」

「つまりだな。園枝どのに、そのような話があったのなら、なにゆえ、最初にそれを言わなんだか、というわけだ。いや、先ほども言うたように、思い込みの激しいやつでな。そういう順序ではなかろう、と皆で諫《いさ》めるのだが、聞く耳を持たん」

「ははあ、なるほど……」

勘兵衛にも、なんとなく、話の順序が見えてきた。

園枝と勘兵衛の縁談は、そののちのことであったのだが、小野口栄三郎は、もっと早くからのことと思い込んだようだ。

「で、このたび、勘兵衛どのが帰郷すると聞き及んで、ただではおかぬ、と栄三郎が息まいておるものでな。こいつは、ちょいと、おぬしの耳に入れておいたがよかろうか、と思うた次第だ」

瓢箪顔の落合頼母は、好人物だった。

「まことに、痛みいる。しかし、頼母さま」

「うん」

「このこと、ほかには漏らされますな。噂が噂を呼んで、禍根となっては一大事でございますからな」

「うむ。しかし……」

「なに、ご心配には及びませぬ。拙者のことなら、いかようにも始末をつけますゆえに」

「いや、頼もしいのう」

頼母の話を聞いていて、勘兵衛には、栄三郎の心情というものも、どこかで理解ができるのだ。

さしずめ勘兵衛は、一目惚れした相手を横から、かっさらった奴……。

また、それにちがいはないのである。

「ところで、その栄三郎という御仁、剣の腕は、どれほどでございましょう」

「たいしたことはない。村松道場での席次も二十位を越えたことがないほどだ」

「そうですか。では、お人柄は……。直情径行とは、先ほどお聞きましたが」

「ふむ。人柄なあ。先ほども言うたように悪い人物ではない。歳は俺より二つ上の二十六。しかし年上だからと威張りもせぬし、むしろ、愚直というか、生一本《き》というか」

「さようで……。いや、ありがとうございました。そろそろ宴に戻りましょうか」

「そうだの」

何食わぬ顔で、宴席に戻った勘兵衛だが――。

（…………）

頼母に教えられた小野口栄三郎の人柄と、きのうの襲撃者の印象が、どうにも結びつかないのであった。

4

それから日を措《お》かずして――。

八ツ半（午後三時）を過ぎたころ、勘兵衛は八次郎を供に、清水町の屋敷を出た。

落合七兵衛の見舞い、のためであった。

落合頼母の話では、七兵衛は体調がすぐれないとのことである。

この大野城下に、落合家が二家しかないのには、わけがある。

元もとが越前北ノ庄（福井藩）の家中には、落合を名乗る家が多い。

それが、ともに祖父の代に、松平直良が越前木本《きのもと》の領主となったとき従って、その後も、越前勝山、越前大野と移ってきたのである。

だから縁戚の多くは福井にあるが、もう五十年も昔のことだから、とっくに交流は途絶えていた。

その少ない親戚の家だから、というだけではなかった。

落合七兵衛は勘兵衛が元服の折に、一切合切の段取りをつけてくれた恩人であった。

勘兵衛の、この日の目的は、七兵衛への見舞いだけではない。

元服の際に、烏帽子親《えぼしおや》をつとめてくれたのは、やはり物頭を務める丹生彦左衛門《ひこざえもん》のことだ。

ここにも、挨拶をしておかねばならない。

いや、挨拶というよりは、詫びを示す気持ちのほうが強かった。

それだけの理由がある。

だから、勘兵衛の足は、やや重いものであった。

いわゆる城勤めは、職種によっては朝番、昼番、夕番とあるが、一般の役人は五ツ（午前八時）までに登城して、七ツ（午後四時）に鳴る太鼓を合図に城下がりをする。

これに対して要職にある者は、四ツ（午前十時）上がりの八ツ（午後二時）下がりであった。

だから、この時刻、百間堀の堀端に家中の姿は、あまりない。

もっとも勘兵衛も、それを見計らっての外出であった。あまり人目に立ちたくはなかった。

（ふむ……）

だが勘兵衛は、ひたひたと跡をつけてくる何者かの気配を察知していた。

（………）

だが勘兵衛は、それには気づかないふりをしたまま、傍らの八次郎にも知らせなかった。

殺気らしいものが、まるで感じられなかったからだ。

八次郎も、この、まだまだ見知らぬ土地で、借りてきた猫のようにおとなしく、準備の二つの菓子折を手に、無口で勘兵衛の跡をついてくる。

やがて、落合七兵衛の屋敷に着いた。

門をくぐりながら、ちらりと確かめたところによれば、尾行の主は初老の男で、どこぞの武家奉公人のように見えた。

落合七兵衛は、臥《ふ》せっているようでもなく、

「いや。実は恥ずかしながら、ちょいと庭木の手入れをしておったところ、梯子《はしご》から落ちて腰を痛めてしもうたのじゃ」

すこぶる意気軒昂であった。

さっさと挨拶をすませて、次の丹生家を訪ねることにした。

丹生家は、落合七兵衛の屋敷からは指呼《しこ》の距離であった。

ところが、また、勘兵衛を待ち受けていたらしい、くだんの男が跡をつけてくる。

(えい、こうるさいやつめ)

勘兵衛は、くるりと踵《きびす》を返した。

その視線の先で初老の男は立ち止まり、蛇に睨まれた蛙のようになっている。

退くもならず、進むもならず、といった体《てい》であった。

「なんですか、旦那さま」

勘兵衛に釣られて振り向いた八次郎が、うわずった声を出した。

「これ、そこのお方、ご用があれば承ろう」

勘兵衛が言うと、

「は、はい……」

男は、妙にぎくしゃくした足どりで近づきながら、

「決して、怪しいものではございません。わ、若さまから、必ず直接に文を渡すようにと言われまして、機会を窺っているうちに、ついつい……、ほんとうでございます無茶勘さま。それゆえ、ばっさりというのは、どうかご勘弁をくださいまし」

思わず勘兵衛は苦笑して、

「分かった。俺は、そんな物騒なことはせぬ。安心しろ」

今や自分は、そんなおそろしげな存在として、城下に知られているのか、と、なにやら勘兵衛は、自分自身が情けなくもあった。

なるほど、身に覚えがないでもない。

だが、いつしか噂は噂を呼んで、城下では、別の無茶勘像が誕生しているようでもある。

「若さまとは、どなたのことだ」

ようやく目前まできた、初老の男に尋ねた。

「はい。小野口栄三郎さまで……」

やはり、そうか、と勘兵衛は思った。

「では、おぬしは、小野口の家の者か」

「はい。長らく中間を務めております米吉《よねきち》と申します。ええと……、もう、十数年も昔のことでございますが、おまえさまが子供の折に、最勝寺《さいしょうじ》の大楠から下りられなくなったとき、梯子をかついで駆けつけたこともございますよ」

「ほっ！」

思わず、勘兵衛は吹き出しそうになった。

あれは七歳のとき、五丈（一五メートル）ほどもある楠に、登れる、登れないと悪友と争ったあげく、およそ三丈ばかりは登ったものの、枝がしなって立ち往生をしたことがある。

「それは、また……、いや、その折には、いかいお世話をおかけした」

十四年も前の旧悪を持ち出されて、勘兵衛は、米吉と名乗った男に深く礼をした。

「いえ、いえ、めっそうもございません」

それで安心したのか、米吉は文を手渡し、

「ええと、返事ももらってこいと、言われましたのやが……」

「分かった。しばし待たれよ」

さっそくに、文を解いた。

そこには——。

落合勘兵衛殿
卒爾《そつじ》乍《なが》ら決着を付けたき事有之《ことこれあり》、明卯《う》の刻、清滝社境内にて待つ他言無用の事
小野口栄三郎

とある。

卯の刻は、夜明けの六ツ（午前六時）にあたる。

勘兵衛は読み終わるや、文を袂に収《しま》い、

「承知した、とお伝え願おう」

「はい。でも……」

返事を聞いても、米吉は動かない。

一心に、勘兵衛を見つめてくる。

その目が、なにかを訴えている。

「米吉さん」

勘兵衛は微笑して続けた。

「心配には及びませんよ。必ず円満に、ことは収めます」

言うと、米吉の身体から力が抜けて、

「どうか。よろしくお願いいたします」

何度も何度も頭を下げてから、戻っていった。

「八次郎」

「は」

「今のこと、決して誰にも口外するではないぞ」

「はあ」

「それから、わけも一切、聞いてはならぬ」

「…………」

先手をとったつもりだが、八次郎は不服そうだった。

それで勘兵衛はつけ加えた。

「なに、故郷におる間だけのことだ。江戸へ戻る道中で、ちゃんとわけなら聞かせてやろうほどにな」

「ま、そういうことでございましたら」

それで八次郎は納得したようだが、

「旦那さまが、なぜ無茶勘と呼ばれるのか、その一端がわかりました」

と言った。

米吉が話した、大楠に登って、下りられなくなったことを言っているのであろう。

勘兵衛は、それを無視したが、八次郎はさらに言う。

「去年も旦那さまは、ひと月近くも、無断で失踪をなされた。あれなどは、大無茶でございますよ」

「わかった。もうよい。それ以上は言うな」

なるほど、八次郎にも、いろいろと心配をかけていた。

すぐに、丹生家に着いた。

回想の酔芙蓉《すいふよう》

1

玄関先に姿を現わした、用人《ようにん》らしいのに来意を告げると、

「しばらく、お待ちあれ」

奥に消えたが、すぐに戻ってきて、

「どうぞ」

と言う。

「しからば、御免」

勘兵衛は玄関の式台を上がると、左手で埋忠明寿の鞘を持って、腰から抜いた。

それを用人が袱紗《ふくさ》で受け取り、

「では、ご案内をいたします」

「お願い申す」

勘兵衛は、玄関先で控える八次郎から菓子折を受け取ると、よく磨き込まれた廊下を進んだ。

「応接の次の間は、その右手で」

勘兵衛より、二歩ほど後ろからくる用人が言った。

「こちらでござるか」

「さようでございます」

次の間に入った勘兵衛は、閉じた白扇を前にして座り、

「落合勘兵衛でございます。このたび、帰郷いたしましたれば、烏帽子親さまに、挨拶に罷り越しました」

と襖に向かって挨拶をした。

これが役職も禄高も高い相手を訪問したときの、正式な儀礼であった。

応接の間からは、

「もそっと、近うござれ」

と声がかかった。

応接の座敷では、すでに丹生彦左衛門が端然と座していた。

そして――。

「やあ、勘兵衛どの、ようお越しくだされた。久しいのう」

爽やかな声で言った。

「いえ、こちらこそ、久闊《きゅうかつ》をお詫びいたします」

「なんの。さ、平らかになされよ」

「では、おことばに甘えまして」

やや距離をとって、彦左衛門に対面した勘兵衛の背後に、刀を捧げて膝行《しっこう》してきた用人が、柄と鍔を左にして置いた。

これは客となって訪問した武家の、害意のないことを示す作法である。

「いや、しばらく見ぬ間に立派になられたのう。また、こたびは、言祝《ことほ》ぎのよしと聞く。烏帽子親としては、嬉しいかぎりじゃ」

「おそれいります」

気品に富む彦左衛門の容貌に、今は亡き丹生新吾の俤《おもかげ》を重ねて、勘兵衛の心は沈んだ。

丹生新吾は、この彦左衛門の甥であった。

かつて勘兵衛が清滝社に呼び出され、山路亥之助たちにいたぶられていたとき——。当時、若君の小姓をしていた親友の伊波利三が小姓仲間を引き連れて、加勢にやってきた。

なかでも、風伝流《ふうでんりゅう》の槍術を使い、めざましい活躍を見せたのが丹生新吾であった。快男児であったのだ。

新吾に、その槍術を教えたのが、叔父にあたる丹生彦左衛門である。

風伝流の祖、中山新左衛門《なかやましんざえもん》（のち吉成《よしなり》）が、かつて大野藩に召し抱えられていたころ、勘兵衛の父と彦左衛門は同門で、槍の彦左に柔《やわら》の孫兵衛、と称せられていたらしい。

その中山新左衛門は、今は美濃大垣藩に召し抱えられていた。

そして、のちのちには、今の若君である松平直明に仕えることになるのだが、この物語にも、いずれは登場しよう。

彦左衛門の妻女が、茶と茶菓を出し、短い挨拶ののちに去った。

「ところで……」

彦左衛門が、なにも言いださないから、勘兵衛は重い口を開いた。

「甥御さまのことについて、いろいろとお噂はお聞きでございましょうな」

「ふむ。新吾がことか」

「はい」

「ああいう噂は、どこからともなく入ってくるものよ。どこまでが真《まこと》かどうかは、別としての。それとも、それを聞かせにきてくれたのか」

「いえ。そればかりは……。神隠し……、失踪としか申し上げられませぬ」

「ふふ……。それでよいではないか。小泉長蔵《こいずみちょうぞう》とともに若君に阿《おもね》ったあげくに、吉原通いをして粛正された、などという話より、よほどにましというものじゃ」

「おそれいります」

隠すより現わる、とはいうものの、噂があまりに正確に伝わっていることに、勘兵衛は驚いている。

あるいは、ご重役から漏れたのかもしれない。

「勘兵衛どの、これだけは言っておくが、そなたを恨みになどは、決して思ってはおらぬ。そのことだけは、信じられよ」

「は……。ありがたく……」

勘兵衛のうちに、思わず熱いものがこみ上げてきた。

「ただ、のう」

少し考え込んだのち、彦左衛門が言った。

「気がかりは、兄たちのことじゃ。すでに聞いておろうが、一家で、この大野を逐電しよってのう」

彦左衛門がいう兄とは、丹生新吾の父親、丹生文左衛門《ぶんざえもん》のことである。

（やはり、そこを避けては通れぬか……）

改めて、勘兵衛は腹をくくった。

「その件で、彦左衛門さまは、蟄居《ちっきょ》をなされたとか」

「そりゃ、当然のことだ。兄の不始末に、蟄居ですんだのが不思議なくらいじゃ。ただ……、ふむ……。なにしろ兄の文左衛門は、あの小泉長蔵に、べったりであったからな。その長蔵が江戸で失踪した……となると、もはや身の置き所がなかったのやもしれぬ、だが、一身上の曰《いわ》くもあるゆえ、拙者としては、少し不憫に思えてのう」

（そうか……）

丹生文左衛門一家の逐電は、城下では、その程度にしか受け取られていなかったのか……と、勘兵衛の内心は複雑であった。

彦左衛門の言う一身上の曰くとは、文左衛門が彦左衛門にとっては、腹違いの兄、いわゆる庶子であった、ということだ。

それも、いま少し、もつれた事情が絡んでいた。

というのも、この丹生家の先代夫婦には、いっかな子ができなかった。

そこで、側室をおいて、そこに生まれたのが文左衛門である。

その後も正室の間に子はできず、二百石、物頭の家は、文左衛門が相続することになろう、と誰もが思っていた。

ところが、先代の正室が、風邪をこじらせて急死した。現代でいう肺炎である。

やがて、先代はのち添えをもらい、あっという間に男児を得た。それが、彦左衛門であった。

彦左衛門が、腹違いの兄を、不憫というのは、そのような由縁《ゆえん》が絡んでいる。

先代もまた、文左衛門を不憫に思い、二百石のうちから五十石を分与して、これを分家させたのであった。

やがて文左衛門は、御納戸《おなんど》役についたが、おそらくは鬱鬱《うつうつ》とした思いであったろう。

その鬱屈を利用しようと近づいたのが、小泉長蔵である。

長蔵の父は、元は国家老で、藩随一の権力者であったが、銅山不正が露見して失脚した。

その子、長蔵も、なんとか這い上がろうと、必死であったのだ。

小泉長蔵は閨閥《けいばつ》を利用して、若君である直明の付家老の座を狙っていた。

文左衛門は、江戸にて直明の小姓をしている伜の新吾に、いくいくは障害になりそうな、小姓組頭、伊波利三の追い落としを命じた。

本来は仲のよかった、伊波利三と丹生新吾だったが、ここに亀裂が入った。

生来の遊び好きで、醜行を繰り返していた若君に、新吾は讒言《ざんげん》して、ついに伊波利三の追い落としに成功し、組頭の座についた。

そして目論見《もくろみ》どおり、小泉長蔵が若君の付家老となったのである。

いくら愚昧《ぐまい》とはいえ、やがては若君が藩主になる日がくる。

それゆえ、小泉長蔵は若君の関心を引くべく、丹生新吾とともに阿諛《あゆ》追従《ついしょう》に終始したのだ。

彦左衛門が言う。

「兄の一家は、逐電ののち、江戸へ向かった、とも聞くが、勘兵衛どのには、消息などは、ご存じなかろうな」

「は。実は、存じております」

「なに」

彦左衛門が、驚いた顔になった。

「まことに心苦しきことながら、丹生文左衛門さまに、そのご妻女、さらには次男の兵吾さま、ことごとく、この世の人ではございませぬ」

「なんと……」

彦左衛門は、絶句した。

「ことの子細を知るは、江戸の……、さよう、拙者も入れてごく僅か。そのことは、やつがれの両親にさえ明かしては、おりませぬ。家中《かちゅう》のみならず、外に漏れれば、我が殿の面目にも関わることとご承知下されますよう、深くお願い申し上げます」

「ふむ……。よほどに深い故由《ゆえよし》がありそうな。あいわかった。拙者も、我が胸だけにとどめると約束しよう」

「ありがとうございます」

言って、次に勘兵衛は、ただ、深ぶかと彦左衛門に平伏した。

2

武士の座礼には、〈真《しん》〉〈行《ぎょう》〉〈草《そう》〉の三種類があるが、勘兵衛がとったのは、藩主などの貴人に対してとる最高の礼で、俗にこれを、三つ指をつく、という。

ついでながら、三つ指をつく、というのは、いつの間にか女性の作法とされてしまったが、本来は武家の、護身の心得としての座礼の法であった。

その意味するところは、機会があれば、いずれ述べよう。

勘兵衛の平伏《ひょうそく》に彦左衛門は、

「これ勘兵衛どの……。なにを、そのように……。さ、面《おもて》を上げられい」

驚きを隠さず、言った。

「は」

と、答えたものの、勘兵衛の目からは、我知らず熱いものが、指にしたたり落ちていて、容易に頭を上げられなかった。

頭を上げながら、素早く涙は拭ったが、

「ふむ……」

小さく声を漏らした彦左衛門には、悟られてしまったであろう。

勘兵衛は、大きく息を吸い、言った。

「ありていに申せば、丹生文左衛門さまのご一家が、この大野を出て江戸へまいったのは、ご子息、新吾どのの仇《あだ》を討たんがため、そして、その仇《かたき》とされたのが拙者なのです」

「なに、新吾の仇が、そなただというのか」

「はい。これは言い逃れではございませぬが、新吾どの、また小泉長蔵を討ち取ったのは、拙者ではございませぬ」

「うむ。そのことなら、耳にしておる、二人を討ち取ったは、忍び目付の服部源次右衛門であろう」

（ううむ……）

どれほどに秘しても、真実は漏れるものらしい。

だが、勘兵衛は、あくまで、そのことについては、口を閉ざすほかはない。

「それにしても兄者は、なにゆえ、そなたが仇などと、血迷うたのかのう」

嘆ずるように彦左衛門は言った。

それに答えて、勘兵衛は――。

「いま一人、林田久次郎《はやしだきゅうじろう》という、元若君の小姓がおります」

「ふむ。若君小姓の職を解かれて、なお、この大野には戻ってこず、以来、消息不明じゃ。お父上が、大いに嘆いてござったが……」

「子細を話せば、長うなりますゆえ省きますが、その久次郎が、拙者を新吾どのの仇と思い込んだのが事の発端、その久次郎の文にて、文左衛門どののご一家も、拙者を仇と江戸に出たのでございましょう」

「ふうむ。しかし、林田久次郎ごとき……、なにゆえに新吾の仇などと」

「新吾どのと久次郎は、衆道《しゅどう》の契りで結ばれておったのです」

「なんと……」

彦左衛門の目が、大きく見開かれた。

勘兵衛を新吾の仇と狙って林田久次郎は、闇討ちを仕掛けてきたが、見事に失敗した。

とても剣ではかなわない、と知った久次郎は、とんでもない手を使った。

江戸の箔屋《はくや》町に、安井《やすい》長兵衛《ちょうべえ》という日傭座《ひようざ》支配の男がいた。

その実、多くの子分を抱えるならず者である。

勘兵衛は、ひょんなきっかけから、その安井長兵衛とは敵対関係にあり、その用心棒を斃《たお》したこともあった。

そうした情報をつかんだ久次郎は、安井長兵衛に近づいた。

あろうことか久次郎は、男色好みで知られる安井長兵衛の色子となったのである。

こうして勘兵衛は、長兵衛の用心棒や手下たちにつけ狙われることになった。

だが勘兵衛は、江戸の西久保において、これを撃破した。

そんな折も折に、越前大野を出奔した丹生文左衛門一家が、江戸に到着した。

やくざの色子に成り下がっていることを知られたくない久次郎は、長兵衛の元から脱走して、丹生文左衛門の一家と合流した。

一方、おさまらないのが安井長兵衛で、子分たちに号令をかけて、行方の探索に血道を上げる。

そして、金杉村の廃寺に隠れ住む、丹生一家と久次郎を発見した。

長兵衛は、すかさず一味とともに金杉村へ向かう。

「実は、その安井長兵衛の元には、江戸にて知己を得た、火付盗賊改方の密偵を忍ばせておりましたので、拙者もそれを知って駆けつけたのでございますが……」

「ふむ……」

彦左衛門は、暗澹たる表情でうなずいた。

「ときすでに遅く、廃寺は火を放たれ、文左衛門どの、兵吾どの、ご妻女に、久次郎、ことごとく……」

「ふうむ……。やるせなきことよのう」

「拙者が駆けつけたときには、すでに火付盗賊改方の手によって、安井長兵衛一味は一網打尽、すでに処刑も終わってございます。ただ、火付盗賊改方の話によれば、文左衛門どのは最後まで戦い続けておられたそうで、小太刀の名手であられたそうな……」

「そうか。そのような子細であったか。いや、ありがたや。よくぞ話して下された。勘兵衛どの、このとおりでござる」

彦左衛門は、手を両膝において、深ぶかと頭を下げた。

「とんでも、ございません。誤解とはいえ、すべては拙者より出《い》でたること、これ千《せん》載《ざい》の恨事《こんじ》、まことに慚愧《ざんき》に堪えませせぬ」

「なに、そなたが悔やむことではない。放念されよ」

「は。あと、もうひとつ……」

「ふむ」

「もし、彦左衛門さまが、江戸出府ということがございましたならば……」

勘兵衛は懐を探り、半折りにした半紙を取り出して、畳の上に滑らせた。

そこには――。

ただ一行、〈三ノ輪《みのわ》の浄閑寺《じようかんじ》　水分塚《みくまり》〉と、書いてある。

「これは……」

「はい。実は、拙者の勝手で調べましたところ、丹生新吾と小泉長蔵の遺骸は、吉原会所の手によって、ひそかに浄閑寺に葬られておりました。もっとも、どこの誰とも知られぬ卒塔婆《そとば》だけの墓でございましたが」

「ふむ、そなたが調べてくれたのか」

「はい。ほかには誰も知りませぬ。それで、浄閑寺墓所の片隅に、文左衛門さまご一家に、林田久次郎、それに新吾どのの亡骸も移し合わせ墓として、ささやかながら塚を造りました。丹生の名を刻むわけにもいきませんので、古い大谷石に〈水分塚〉の三文字を彫った次第でございます」

「それも、そなた一人でか」

「は。ただ、伊波利三が江戸にまいりましたゆえ、彼だけには打ち明けて、ともに詣でた次第です」

「ふむ。新吾と伊波利三どのは、幼少の折より、ともに若君の小姓に上がって、近しい間柄であったからのう」

「はい。その二人が、どのような星回りからか……」

「なに、彼《かれ》も一時《いちじ》なり、此《これ》も一時なり、というからのう」

　彦左衛門があげたのは孟子《もうし》の言で、世のなかのことは、時とともに移り変わる、というほどの意味を持つ。

そのうえで、彦左衛門は、勘兵衛が渡した半紙に目を落とし、

「いや。なにかと厄介をおかけしたのう。ところで、これで、みくまりづか、と読むのか。なにか曰くがあろうかな」

「はい。その点につきましては、塩川七之丞の学問に頼りました。全国に散らばる丹生神社の祭神は、丹生都比売《にうつひめ》でございますが、そのお方は、天照大神《あまてらすおおみかみ》の妹の稚日女命《わかひるめのみこと》とされて、山より流れいずる水が分かれるところ、すなわち水分《みくまり》の神ともいわれているそうでございまして」

「なるほど……。そうか、ひそかに……丹生の墓だとな……」

少し声をつまらせ、天井を見上げる丹生彦左衛門であった。

3

翌朝のこと。

勘兵衛は夜明け前に、誰にも気取られぬよう注意して、そっと清水町の屋敷を抜け出した。

黎明《れいめい》には、いま少し刻がかかろうが、西空には月が残っていた。

その月明かりを頼りに、三叉路を左に曲がった。

右手に聳える城山も、その頂きの天守閣も、ただ黒ぐろと墨絵のように影を落としている。

向かうは清滝社、小野口栄三郎の呼び出しに応じてのことである。

呼び出し状を運んできた米吉に、勘兵衛は〈必ず円満にことを収める〉と約束はしたが、これといった策はない。

(出たとこ勝負だ……)

だが、刃傷《にんじょう》沙汰だけは、ぜひにも避けたいと考えていた。

両側に並ぶ武家屋敷が、ひっそりと静まりかえっている道を、勘兵衛は足音も立てず、西へ西へと進んだ。

やがて武家屋敷も、だんだんと小ぶりになってきて組屋敷に変わり、そこを抜けた先には、ぽつぽつと田畑が散らばっている。

身を細らせた月は、犬山と清滝山の間に浮かんでいた。

(それにしても……)

またも、清滝社か。

十年前、佐治彦六に呼び出されたのも清滝社であった。

（どうも因縁があるような……）
思って、勘兵衛は苦笑した。
（そういえば……）
あれからのちに、勘兵衛の父が閉門となったとき――。
（あの彦六が、見張り番の小者としてやってきたな）
そのときの、彦六のばつの悪そうな表情まで思い出した。
（ふむ……）
その彦六と、思いがけなくも府中の城下町で再会した。
ちらりと思ったとき、勘兵衛の内になにかが動きかけたのだが……。
（やっ……！）
およそ二町（二〇〇メートル）ほども先に、ゆらゆらと灯りが見える。
提灯の明かりのようだ。
（小野口栄三郎か……？）
そうかもしれぬな、と勘兵衛は思った。
見たところ、一人きりのようで、連れらしき者の姿はなかった。
（それとも、手勢を先まわりさせておるのか）

いずれにしても、その振る舞い次第で、人物のほども知れよう。

勘兵衛は、変わらぬ歩調で足を進めながら、そう思った。

白みかけたか、漆黒《しっこく》の空が光を得て、薄墨色から褐色《かちいろ》（濃い紺色）へと変転していく。

月の色も、だんだんとおぼろに、移ろいはじめた。

（おう……！）

行く手にぽつんと建つ、黒める屋敷影を目にして勘兵衛に、懐かしいとも、愛《いと》しいとも思える感情が芽生えた。

その一軒家は、父が冤罪を得て御役召し上げのうえ、水落町の屋敷から移されたところであった。

清水町のはずれ、清滝川の河畔に建つボロ屋敷であったのだ。

（あの茅屋《ぼうおく》で……）

勘兵衛の一家は、およそ一年半を過ごしたのである。

往事のことが、それこそ走馬燈《そうまとう》のように、渺然《びょうぜん》と勘兵衛の脳裏に浮かんでは消えた。

前を行く、提灯の人影が、その茅屋の先に消えた。

清滝川の土手を上ると橋がある。

その橋の先の山道を、少し登った先に清滝社があるのだ。

（ああ……）

ふいに勘兵衛に、新たな記憶がよみがえった。

園枝のことである。

父が公金横領の疑いをかけられ閉門、さらには蟄居《ちっきょ》ののち、七十石の家禄は三十五石に減じられた。

そのうえ父は無役となったので、役料も入らない。

それで、やむなく勘兵衛は家塾を休むようになった。

生活《たつき》のため荒れた庭を耕し、菜園を作るのが日課となったからだ。

おそらくは、次第に心も荒れていったのだろう。

たまさかに道場へ出ては、坂巻道場次席の田原将一郎《たわらしょういちろう》から、

――近ごろの、おまえは乱暴すぎる。あれは試合ではない。喧嘩だ。

と、厳しく叱責されるようになった。

そんな、季節は春から初夏へと移ろいはじめたころに――。

その日も勘兵衛は、鬱鬱とした気分を持てあましながら、道場から清水町のはずれ

まで戻ってきたのだが、そこに、思いもかけぬ客が、勘兵衛を待ち受けていた。

園枝である。

そのときの園枝は、勘兵衛たちが〈さんのさん〉と呼ぶ、日吉《ひえ》神社の山王祭に誘いにきたのであったが――。

勘兵衛は、園枝の兄である塩川七之丞とは親友であったが、二百石の家の娘が、三十五石、無役の家に客でくるなどとは、信じられぬことであった。

それより以前に、勘兵衛は園枝から、このごろはあまり無茶をなさらないようですね、と言われて、もう子供ではありませんから、と答えたことがある。

すると――。

――まあ、それじゃ、つまらないじゃありませんか。

言われて、なぜか胸がときめいたことがある。

それが、勘兵衛の胸に、初めて女人としての園枝が棲みついたときであった。

初恋である。

だが、家格が違いすぎた。

それで勘兵衛は、園枝への想いを自らに封印した。

今から思うに、茅屋を訪ねてきたときの園枝にとって、山王祭は口実であったようだ。

　あのときの園枝の様子を、勘兵衛は、つい昨日のできごとのように、まざまざと思い出していた。

　いつもは、はきはきとものを言う園枝は、妙にもじもじとして――。

――あのう、これまでに、わたし……。

――はい。

――無茶をなさらない勘兵衛さまなど、つまらないと申してきましたけれど……。

――はあ、はあ、そんなことをおっしゃっておられましたな。

――でも、あれは撤回いたします。これからはどうか、決して無茶はなさらないでくださいませ。そのことをお願い申し上げます。

　言って目を伏せた園枝の頬が、みるみる酔芙蓉《すいふよう》の花のように色づいていくのを見て、勘兵衛は胸を衝《つ》かれたことがある。

（今から思えば、あれは……）

　そのとき、勘兵衛は十八、園枝は十五歳……。

　年若だったせいか、勘兵衛が拗ね者になっていたせいか――。

　それが今にして、

（あれは、園枝どのの、せいいっぱいの恋の告白ではなかったのか）

今さらのように思い当たって、勘兵衛は一人、陶然とした心地になった。

思えば、このような行きちがいを、ひとは一生のうちに、幾度も繰り返すのであろう。

すると、紆余曲折はあったにせよ、相思う二人が、ここまでたどり着いた首尾というのは――。

（まるで奇跡のような……）

そう思わざるを得ない。

そのとき後方より、ぱっと光が満ち満ちた。

日の出だ。

目前に、かつて勘兵衛が暮らした茅屋が、荒れ果て朽ちた全容を現わした。

（今は、無住か……）

これから小野口栄三郎と対峙しなければならぬというのに、なぜか勘兵衛の内には、すがすがしい感動が満ちている。

4

清滝橋を渡り、勘兵衛は朝ぼらけの山道を登った。
朝靄のなかに小鳥の声がして、両脇に繁る樹木の葉が、朝風にさやさやと鳴っている。
すでに、勘兵衛の神経は研ぎすまされている。
どこにも、伏兵の気配はなかった。
やがて清滝社の山門があり、道は石畳の参道に変わった。
参道の両側には、鬱蒼《うっそう》とした杉並木が続く。
その参道の上に、先行したはずの人影はなかった。
参道の先には、六段の石段があって、その先に清滝社の拝殿と広い境内がある。
本殿は、拝殿の裏にある石段を、もっと上った先にあった。
境内に、一人の男が突っ立っていた。
すでに、袴《はかま》の股立《ももだ》ちを取り、襷《たすき》がけばかりか、鉢巻までつけている。
手近な松の木の根のあたりに、脱ぎ捨てられた羽織と、提灯が置かれていた。

（まあ、なんと気の早い御仁だ……）

「小野口栄三郎どのですか」

思いながら勘兵衛は、五間（約九メートル）ばかりも離れたところから、ゆったりと声をかけた。

「さよう」

背丈は勘兵衛と、それほど変わらない。

細面であるが、鰓骨《えらぼね》が張って、眉が太い。

「初めてお目にかかる。落合勘兵衛でござる。以後、お見知りおきをくださいますよう」

初見の挨拶をすると、

「えい、おぬしの顔など、昔から見知っておるわ」

怒号が飛んだ。

「これは、したり。拙者に覚えはございませぬが、いずこかで、ことばなど交わしたことがございましょうか」

「むう……。それはない」

「そうでしょうな。拙者にも覚えはございませんからな」

「えい、口の減らぬやつめ。さっさと勝負をしろ」

栄三郎は吠えた。

「はて……。なにゆえの勝負でございますか。失礼ながら、そなたさまの文には、決着をつけたいことがある、とございましたが」

「だから、決着をつけようと言うておる」

「そこが、拙者には、わけがわかりかねる。なにをどう、なにゆえに決着をつけようと言われるのか。ま、とりあえずは、話し合おうではございませんか」

「えい、四の五のと……。臆したか」

栄三郎が、怒りをあらわにした。

「小野口どの、もしや、お怒《いか》りでございましょうか」

「そうとも、大いに怒っておるわ」

「それは、いけませぬ。血気《けっき》の怒《ど》は有るべからず、理義《りぎ》の怒は無かるべからず、と、朱子《しゅし》の教えにもございましょう」

「えい、なにを、こざかしいことを……」

「いえいえ、御神君（徳川家康）さまの遺訓《いくん》にも、怒りは敵と思え、とございますぞ」

「むう……」

「それにくわえて、この場所柄も、よくございませぬぞ」

「な、なにゆえじゃ」

「この社は、国生《くにな》り大野神社とも呼ばれて、お殿さまの氏神とされるところ、その地を、血で汚すなど、あってはならぬこと……。ちがいましょうか。小野口どの」

「む、むう……」

心なしか、小野口の目が泳いだようだ。

「それゆえに、ここのところは話し合いましょう。もしや、小野口どののお怒りは、塩川家の園枝どのと、拙者の縁談のゆえでございましょうか」

「そ、そうだ」

「では、やはり、話し合わねばなりますまい」

静かに言ってから勘兵衛は、左手で大刀とともに脇差までも鞘ごと抜き取ると、

「さ。小野口どの。このとおり、初見のお方と、斬り合いなどする気は毛頭ござらぬ。まずは話し合おうではないか」

勘兵衛は懐から懐紙を取り出して、境内の一隅に敷くと、懐紙の上に両刀を、そっと置いた。

するとと小野口も、両刀を腰からはずし、羽織の上に重ねた。

なるほど、落合頼母が言っていたように、小野口栄三郎は、悪い人柄ではないようだ。

「立ち話もなんでしょう。座りませぬか」

声をかけるなり、勘兵衛はすたすたと小野口に近づいていくと、二間ほど手前のところで地べたに、どっかりと腰を下ろした。

その間、小野口は瞠目して勘兵衛の動きを見ていたが、

「いや。おぬしという男……、変わらず無茶の勘兵衛じゃのう」

あきれたといった声を出し、小野口も境内に胡座《あぐら》をかいた。

すでに、この場の主導権は、勘兵衛が奪っていた。

「さて、どこから話してよいものやらわかりませぬが……」

そして勘兵衛は、自分でも思っていなかった昔語りをはじめたのである。

おそらく、つい先ほどに、清水町はずれの旧宅を見て、園枝の思い出をよみがえらしたせいであったろう。

「園枝どのの兄上、塩川七之丞と拙者が幼いころよりの親友であったのは、ご存じでござろうか」

言うと、

「うむ。ほかに中村文左《なかむらぶんざ》と三人で、よくつるんでおったのう」

「ああ、中村文左をご存じですか」

「父とは支配違いなれど、郷方《ごうかた》の者なればな」

懐かしい名じゃ、と勘兵衛は思った。

小野口栄三郎の父は郡奉行と聞いたが、中村文左の上役ではないようだ。

郷方には、郡奉行が二人いる。

「拙者の父もまた、郷方でございましたが……」

「知っておる」

「なれば、我が父が無辜《むこ》の罪に落とされて役を追われたことも、ご存じか」

「よく存じておる。まこと正義の士であられたな。だが、あのときの功で、今は目付役に返り咲かれておるではないか」

「おかげさまにて……。しかし、父が無役となり、家禄を三十五石に減らされて、清滝川ほとりの小屋同然のところに屋敷替えをさせられたあの時期、やはり切のう、苦しゅうござった」

「うむ。それは……」

小野口が口ごもった。

「その苦しいとき、園枝どのは、ひそかに訪ねてこられ、大いに力づけてくださった……」

「なに……、まことか」

「はい。元より身分ちがいと、あきらめはしておりましたし、互いの両親、はらからにも誰にも、決して漏らしはいたしませんでしたが、ずっと以前から、拙者と園枝どのは……」

「待て！」

うろたえたような声が、勘兵衛を遮った。

「すると……、なにか……」

小野口は、しばらくことばを探しているようであったが——。

「もしや二人は、相惚れの……」

「互いに口には出しませんでしたが、たしかに心は通い合っていたか、と……」

「むう！」

いきなり小野口は立ち上がり、引きちぎるように鉢巻を取り、乱暴な手つきで襷をはずした。

「くそっ、それじゃあ、わしがあとから割り込んだことになるではないか」

「……」

勘兵衛も、静かに立ち上がった。

小野口は、口をへの字に曲げながら、袴の股立ちを直し、

「これでは、まるで、わしが馬鹿みたいではないか。よいか。本日のこ
て、決して他言せぬと誓ってくれるか」

「承知」

「うむ、そうしてくれ。頼んだぞ」

「こちらこそ、話を聞いてくださり、ありがとうござった。では、これにて御免つかまつる」

一礼した勘兵衛が、小野口から離れて、両刀を腰に帯びていると、

「待て、無茶勘！」

小野口が呼び止めた。

「なんだ……その……、園枝どのとの婚礼はいつだ」

「いや、正式な祝言は、まだ先になりましょう。仮祝言は、来月の五日とは決まりましたが……」

「ふむ。七月五日か……。おい、その夕は、決してこおろぎ町に、足を踏み入れるではないぞ」

　こおろぎ町は、大野城下の歓楽街であった。

「あいわかった」

　その夕、小野口栄三郎は、こおろぎ町の居酒屋あたりで、自棄《やけ》酒を飲むであろうな、と勘兵衛は思った。

5

　次の朝、勘兵衛が日課の朝稽古をはじめようとすると、早くも八次郎が庭先にいた。

　そういえば、今朝は洗面のときにも、うろちょろと姿を見せていた。

「どうした。きょうは、また、えらく早いお出ましではないか」

　言うと八次郎、

「いえ、また、きのうの朝のように、姿を隠されては、かないません」

「それで、そうやって見張っておるのか」

「いえ、そんな……。見張るだなんて……。人聞きの悪い」

「きのうは、ちょいと外稽古に出かけた、と説明したではないか」

「それなら、そうと、前もって言っておいてもらわねば、わたくしめ……、若党としての立場がございません」

きのう勘兵衛が、清滝社から屋敷に戻ってきたときは、八次郎は安堵した顔になっていたのだが、一晩、寝ている間に、だんだん悔しさがつのってきたものらしい。

少し機嫌をとっておかねばなるまいな、と勘兵衛は思った。

「それよりもな八次郎、帰郷以来、ついバタバタとして、ろくに大野の町を見物させてはいなかったな。朝食をとったら、ちょいと出かけてみるか」

「ほんとうでございますか」

まことにわかりやすい八次郎である。

越前大野の目抜き通りというのは、一番下町から七間町、五番上町あたりまでの間、ということになる。

これは美濃街道筋にあたる宿場町でもあり、本陣や脇本陣などもあった。

「江戸で生まれ育ったおまえには、目抜きというても、鄙《ひな》びたところであろうがな」

「いえ、そのかわり、江戸では味わえぬ旅愁のようなものがございましょう」

上機嫌な声で八次郎は、つれづれの店先などを覗き込みながら歩いていたが――。

「はて、あれは、なんでございましょう」

荒物屋の店先に筵を敷いて、職人たちが細竹を割っていた。

片方では、それを一尺ほどの長さに切り揃え、また一方では、二本を一組にして荒紐で繋いでいた。

「知らぬのか。あれは、扱箸《こきはし》じゃ」

「はあ、扱箸……」

「稲穂をな。あれで挟んで、籾《もみ》をこき落とす道具だ。来月には稲刈りの時節だから、その準備だ」

「ははあ、なるほど……。それをあのような道具で……、いや、そりゃあ、手間暇でございましょうな」

都会育ちの八次郎には、その脱穀の道具は珍しいものであったらしい。

その稲こきは、働き手を亡くした後家たちの収入源であった。

これより十五年ほどもたった元禄《げんろく》のころに、和泉の国の大工村《だいくむら》というところで、木製の台に、櫛状の歯を並べた千歯扱《せんばこ》きという効率的な農具が発明されて、あっという間に全国に波及していく。

それで、その千歯扱きには、〈後家殺し〉とか〈後家倒し〉の異名がついた。

いよいよ目抜き通りに近づいてきて、勘兵衛は前もって、八次郎に楔《くさび》を打ち込んでおいた。

「よいか、八次郎。この大野では、武士たるもの、たとえそれが五歳の童《わらべ》といえども、買い食いは厳に戒められておる。そのことだけは、承知しておくように」

「ええーっ」

八次郎は、残念そうな声を出した。

「そう、がっかりするではない。買い求めて持ち帰り、屋敷でゆっくり食えばすむことだ」

「あ、それならいいんですか」

八次郎は安心したような声を出し、江戸では見かけぬような菓子や食い物に出会うたび、あれこれそれと、買い求めた。

五番町を過ぎれば寺町で、近くには、かつて勘兵衛が通った坂巻道場がある。

追懐《ついかい》の想いはあったが、うっかり旧知につかまれば、少し面倒でもあった。

実は勘兵衛、こうして八次郎を町に連れ出したのは、なにも機嫌をとるためだけではなかった。

五番上町から北へ、八間通りのほうへ曲がりながら、

「この先に、［俵屋］という京菓子屋があってな」

勘兵衛が言うと、

「京菓子なら、江戸にも腐るほどあります。別に珍しくもございませんが……」

八次郎は言った。

「いや。俺が買いたいのだ」

「あ……」

ちょいと首を傾げたのち八次郎は、

「なるほど……、お母君に……、それとも……」

「いや、友への、おつかいものだ。それでな」

「はい」

「のちほど、場所を教えるから、おまえ、ちょいと使いに出てくれるか」

「は、承知いたしました」

中村文左に、会いたかった。

それとなく、尋ねたいこともあったのだ。

滲み出る疑惑

1

城山の北、北山町の郷方組屋敷に住む中村文左のところへ、使いに行かせた八次郎が戻ってきた。

「旦那さま。文左さまは、きょうは勤番にて、戻りは夕刻になるとのことでございました」

「そうか……」

あるいは、非番で自宅にいるかもしれぬ、と思っていた勘兵衛であったが、ならば文左の城下がりを待たねばならない。

「で、文左の母君は、息災であられたか」

名は、万《まん》、といった。

「はい。ころころと太られて、血色もよく、見るからにご壮健そうに見受けられました。旦那さまのご帰省を、とても喜ばれて、文左さまも、ぜひ旦那さまにお会いしたいものだが、さぞ忙しかろうから、と遠慮をしているところだ、というようなことを言われておりました」

「ふむ。水臭い……。で、伝言は伝えてくれたであろうな」

「もちろん。文左さまが戻り次第、訪ねさせましょう、と申しておりました」

「そうか。ご苦労であったな」

つい、水臭いなどと口走った勘兵衛であったが、本来なら文左には、もっと早くに連絡をつけたかった。

それが、坂戸峠での曲者騒ぎや、小野口栄三郎の呼び出しやらで、つい、あとまわしになってしまったのである。

勘兵衛と文左、それに塩川七之丞は同い歳で、家塾でともに机を並べ、また坂巻道場でも同門であった。

二歳年長の伊波利三が、若君の小姓に上がり、やがては江戸へ発って、にわかに寂しくなった勘兵衛の心の空洞を、よく支えてくれた親友でもある。

そればかりではない。

先の、国家老の小泉と郡奉行の山路が組んでの銅山不正を、最初に怪しんだのは、文左の父の中村小八《こはち》であった。

それで勘兵衛の父、孫左衛門と小八の二人、ひそかに調査を開始した。

しかし、それは敵の知るところとなり、証拠を得るべく銅山のある持穴《もちあな》村へと出向いた小八は、途次の若生子《わかこ》峠において暗殺されたのである。

父が冤罪を得たのも、それゆえのことで、清水町はずれに屋敷替えされたのちも、厳しい監視の目が注がれていた。

勘兵衛にとって中村文左は、単に親友同士という枠を越えて、そのような絆もあったのだ。

日暮れも近くなって、文左が清水町の屋敷にやってきた。

用人の望月が、それを伝えにきたのを待ちかねたように、勘兵衛は玄関へ急いだ。

「久しいな文左」

「おう！」

思わず式台にまで下りた勘兵衛は、三年ぶりの友の手を取り、その背を叩いた。

親父譲りの文左の猪首が、大きく上下する。

よほどに急いできたらしく、文左は汗ばんでいた。

「まあ、上がれと言いたいところだが、つもる話もあるし、おまえも窮屈なのはごめんだろう。どうだ、こおろぎ町あたりで……」

勘兵衛が言うと、

「それが、いいな。酒でも酌み交わそう」

文左の顔がほころんだ。

「では、すぐ支度をしてくるので、ここでしばらく待っていてくれ」

自室に戻り、手早く支度を終えたところに八次郎がやってきて、

「お出かけでございましょうか」

「うむ。久方ぶりの友との語らいじゃ。供はいらぬぞ」

言いつつも、玄関へ足を急がせる勘兵衛を追うように八次郎はついてきて、

「はあ、仕方ございませぬな。しかし……」

「なんだ」

「そろそろ、日暮れも近うございます。その塗笠は不要かと……」

勘兵衛が、左手に持った塗笠を不審がる。

「なに、捨て置け。これが気に入っておるのだ」

「はあ……」

八次郎を文左に引き合わせ、見送られながら清水町の屋敷を出た。

「どうした、笠など」

本願寺清水《ほんがんじしょうず》も近づいたところで塗笠をつけた勘兵衛に、文左も不審がった。

「なに。ちょいと顔がさすものでな」

「なるほど。今や、評判の主だものな」

どのような評判かは知らぬが、文左は素直に納得をした。

だが、勘兵衛が面体を隠すには、ほかに理由があった。

まだ漠然とした予感ではあったが、郡方の文左と勘兵衛が連れだっているのを知られて、万一にも文左に危害が加えられてはならない、と思ったからである。

ちなみに本願寺清水と呼ばれている、町の南端に位置する伏流水の湧き口であるが、そこに本願寺という寺があるわけではない。

その謂われは、もはやはっきりとしないが、かつてそのあたりに本願寺があったとも、本願寺派の門徒が掘り下げたから、とも伝わっている。

2

こおろぎ町というのは、三番上町から横町通りにかけての町筋に、軒を連ねている料理屋や居酒屋がある一画だ。

芸妓や仲居、あるいは酌女たちが、三味線を弾いたり歌ったり、夜長を歌うことから、その名がある。

勘兵衛たちが、その一画に足を踏み入れたのは、町が暮れなずんで、軒行燈や提灯に火が入れられるころ合いであった。

それで、まだ、ひっそりとしている。

「[瓢《ひさご》や]でいいか」

文左が言った。

三年前の仲秋《ちゅうしゅう》、まだ勘兵衛が大野にいたころに、江戸から伊波利三が帰省してきた。

[瓢や]は、そのとき、利三に七之丞、それに文左と勘兵衛の四人が集《つど》って酒を酌み交わした居酒屋であった。

「ふむ。できればご家中《かちゅう》が、あまりこない店のほうがよいな。どこかないか」

勘兵衛が言うと文左は、

「なるほど……。よし、いいところがある。大工や職人相手のめし屋だが、なかなかうまいものを食わせる。それにな、小部屋もある」

「そうか。そこにしよう」

文左が案内した居酒屋は、目立たぬ路地の奥にあった。

店頭の小ぶりな提灯には、〈めし、さけ、大吉〉とある。

［大吉］というのが店名のようだ。

店内は入れ込み土間で、職人らしい男たちが数人、飯を食っていた。

「おえー、ようきんさったな」

塗笠をかぶった勘兵衛に、ぎょっとしたふうな仕種《しぐさ》を見せながら、よく太った大年増が文左に声をかけた。

（はて……）

どこかで見たような顔だぞ、と勘兵衛は思ったが、思い出せない。

「奥に通らせて、もらいます」

「ええよ」

文左が言うのに、女将らしいのが気軽に答える。

「とりあえず、冷や酒でも頼みます」

なんだか丁寧に言って文左は、

「こっちだ」

自ら勘兵衛を、土間の奥の小座敷に案内した。

小座敷といっても六畳ばかりの、小上がりというより、内証（勝手向き）めいた部屋であった。

勘兵衛が塗笠をとっている間に、文左は土間に残した二人の履き物を座敷に取り込み、さっさと障子を閉めている。

そんな文左に、

「顔ではないか」

勘兵衛が言うと、

「いや、実は……」

声をひそめて文左は言った。

「実は、さっきのは叔母だ」

「え……」

「うん。母上のな、いちばん末の妹で、百《ひゃく》という名だ」

「百……」

「女ばかりの姉妹でな。上から順番に万、千、百と、祖父《じい》さんが、ふざけた名をつけたものでな」

「ははあ」

なるほど、覚えのある顔だと思ったのは、文左の父親の葬儀の折にでも見かけたのだろう。

そういえば、おっとりした表情の文左の母である万と、どこか似通ったところがある。

文左のことばつきが、妙に丁寧だったのもうなずける。

「母方の実家というのは、鷹匠町の足軽長屋でな。母の親父は、二人扶持の足軽だった」

「ふむ」

そんな話は、初めて聞く勘兵衛だ。

その家に生まれたのは娘ばかりの三人で、万と千とが嫁に出て、最後に残った百が、同じ足軽の次男で小吉《こきち》というのを婿《むこ》にとって家を継がせた。

「ところが、祖父さんが死んだとたん、小吉叔父は足軽をやめ、ここを家借りして、めし屋をはじめたというわけだ」

それが、二年前のことだという。

「なるほど、小吉よりは、大吉のほうが縁起がいいというわけか」

「ま、そういうことだ」

店の名の由来もわかった。

大野藩の場合、足軽の俸給は高懸《たかがか》りといって、一人扶持あたり一日五合の計算で支給される米だけである。

二人扶持の微禄では、とても一家を養えないほどの貧乏暮らしであった。

文左の叔母夫婦が、あっさり足軽をやめたのも、そんな事情があったかららしい。

「ま、そんなわけで、ときどきは俺も息抜きにくる。同僚にも教えていない、俺の巣のようなところだ」

「そりゃ、いいな」

そこへ、

「開けるよ」

女将の百の声がした。

そして――。

「おえー」

勘兵衛の顔を見るなり、驚きの声をあげた。

「江戸から、戻られたちゅうわけやざ、か」

「はあ。お世話をかけます」

その間にも、文左は百から大徳利と盃を受け取り、盆に乗せられた小鉢物を取り込んでいる。

「すぐに、うめぇものをこさえるから、とりあえず、それを肴にしておくれ」

言って、障子を閉めかけた百だが、

「勘兵衛さん、江戸じゃ、大根を、でぇこん、というらしいんやざ」

「はあ」

見ると小鉢物は、切り干し大根と油揚げの煮物に、削り節をかけたもののようだ。

勘兵衛は答えた。

「いや、でぇこん、ではなく、でぇこ、と言いますようで」

「おえー、でぇこ、かぁ」

感心した声を残して、姿を消した。

〈おえー〉は、越前地方での、万能の感嘆詞である。

文左は苦笑しながら大徳利を持ち上げ、

「さ、まずは一献」

「お、すまぬな」

二人は改めて再会を喜び合い、

「それにしても、おまえと園枝どのが……。それを聞いたときは驚いたぞ」

文左が祝いを述べて、二人の語らいがはじまった。

3

しばしの刻が流れ——。

「ところで、もう山見役《やまみやく》見習ではないのだろう」

勘兵衛が尋ねると、文左は答えた。

「ああ。おまえが江戸に出たあとに、記録方に移った」

「そうなのか。じゃ、少しは楽になったな」

郡奉行所山方に属する山見役は、鄙びた山村にまでも、頻繁に出かけなければならない激務があったが、記録方なら役所勤めで安定しているし、格も高い。

　横死した文左の父の功で、二十石の切米《きりまい》取りが四十石と倍増したおかげであろう、と勘兵衛は思った。

「しかし今月は、五日に夏成《なつなり》を取り立てて、晦日《みそか》には御封付手形《ごふうつき》を勘定所へ納付しなければならん。けっこう、忙しくてな」

　夏成とは、麦などの夏季に成熟する作物のことで、この時期に畑年貢を取り立てる。

「そうだったか。あいにくと多忙なときに重なって、すまんな」

「なんの。普段は退屈なほど暇な役だ。気にすることはないぞ」

「山路帯刀《たてわき》の後任の郡奉行は、たしか権田《ごんだ》というたかな」

「おう、権田内膳《ないぜん》さまだ」

　その人物が、文左の上司にあたる。

　勘兵衛は、さらに質問を重ねた。

「いま一人の郡奉行が、小野口三郎太夫《さぶろうだゆう》さまであったな」

「うん。お、小野口の伜に、なにか、い、い、いちゃもんでもつけられたか」

　文左が心配そうな顔になった。

「いや、いや、そういうことではない」

苦笑しながら勘兵衛は、さらに質問を続けた。

「で、飛び地の西潟陣屋は、どちらの管轄になるんだ」

「それは俺のほうだが……」

文左の顔に、不審の色が浮かんだ。

「いや、ほかでもない。帰郷の途次にばったりと、佐治彦六……、いや、今は広畑彦六か、きゃつと出会うたものでな。今は西潟代官の配下だそうな」

「ほう。そりゃあ……。元気そうであったか」

「うむ」

「そうか。思えば憎たらしい男であったが、無事に養子先が決まって、喜んでいたらしい。あの山路亥之助の腰巾着だったことは、あまねく知られて、このご城下で、あやつを養子にしようなどという家は、あるはずもなかったからな。それを権田さまの温情で、養子話がまとまったそうだ」

「なに、御奉行の世話か」

佐治彦六は、馬廻り役の次男であったが、郡奉行の権田内膳と、どのような繋がりがあったのだろう、と勘兵衛は思った。

「権田さまの前職は、なんであられたかな」

「以前か。たしか、勘定吟味役から抜擢されたのではなかったかな」

「勘定方……郡奉行所の……か」

「そうじゃない。勘定奉行所のほうだ」

「ふうむ……」

やはり、彦六の家との繋がりはなさそうである。

「それが、どうかしたか」

「ううむ……」

「なにか、ありそうだな」

文左が、怪しみはじめた。

「おまえだから言うが、ここだけの話にしてくれ。ちょいと、彦六に出会った折の態度に不審があった」

「どんな……」

「いや。ただの思い過ごしかもしれんのだが……」

府中城下での邂逅《かいこう》の折には、さほどにも思わなかった勘兵衛だったが――。

（あのとき――）

舟積場から騎馬で、土堤を駆けてくる彦六には、殺気だったものが感じられた。

(さらに――)

あの、坂戸峠での襲撃だ。

明らかに計石村の茶屋に、見張りまで立てていた。

それが小野口栄三郎の仕業ではない、とわかった今――。

勘兵衛が、あの日、坂戸峠を越えて大野に戻ることを知っていたのは、あの彦六しか考えられない。

今や、勘兵衛は、そんな疑いを抱いていた。

しかし、彦六一人に、そのような力はない。

(すると――)

あのとき勘兵衛主従は、川土堤の松蔭で弁当をつかいながら、河口近くの舟積場から、米俵を満載した舟が日野川に次つぎと出ていく風景を、ぼんやり眺めていたのである。

それを、彦六は〈怪しき二人連れが物見〉していると聞いて確かめにきた、とごまかした。

(つまり……)

見られてはならぬものを見られた、と思ったのではないか。

勘兵衛の思考は、そんなふうに働きはじめたのである。

文左を巻き込まぬためにも、勘兵衛は、そのような詳しい話はできないし、坂戸峠での襲撃の話も出せない。

「ま、ここのところは、なにも聞かずに教えてくれ」

「わかった。なにが知りたい」

「まずは、西潟陣屋の陣容だな」

「よし」

猪首の文左が、大きくうなずいた。

「まず、西潟の代官は村上《むらかみ》家の世襲で、今は村上富五郎《とみごろう》という。その下に……」

手代頭、脇手代、蔵方役、算用役、書役とあって、彦六は算用役だという。

「ま、ぜんぶで二十人ばかりの陣容だが……」

十三ヶ村からなる西潟の治世は、大野の支配地と同様に、地方役人としての大庄屋、村庄屋、組頭、百姓代の組織で運営されているそうだ。

「お……」

文左の猪首が動いた。傾けたつもりだろう。

「どうした」

「うん。奉行が権田さまになられてから、手代頭が変わったな」

「奉行が変われば、そういうこともあるだろう」

「いや、それがな。新たな手代頭は久保弥七郎《くぼやしちろう》というて、元は勘定吟味改役《あらためやく》だったのよ。権田さまの、以前の部下だ」

腹心の部下を新たに取り立てることは、よくあることだ、と勘兵衛は思った。

西潟代官は、旧来どおりであるようだし、特に不審は感じられない。

文左は続けた。

「しかし、勘定吟味改役から西潟陣屋の手代頭というと、これは、まるで左遷のように思えてな」

「なるほど……」

そう言われれば、そうかもしれない。

「第一、西潟陣屋の者は、代官以下、代代続く土地者たちだ。あまり例《ためし》のないことでな」

「ふうむ。すると、以前の手代頭は、どうなった」

「それそれ、菊池伝兵衛《きくちでんべえ》というのだが、今は権田奉行配下の普請方になっておる。晴れて城勤めにかわって本人は大喜びだが、これまた異例のことだ」

「ふうむ」

　現代でいえば、支店の現地採用の社員が、支店長を飛び越えて、本社勤めに栄転したようなものだ。

「不思議といえば、長らく西潟の手代頭を務めていたものだから、菊池は西潟の事情に明るい。それを普請方とはなあ。ほかに配属のしようもあったろうに」

「では、奉行が権田さまになったのちに、以前と変わったことは、ほかにないのか。特に西潟についてだが……」

「さて」

　首を傾げた文左は、西潟の担当ではないからな、とつぶやき、

「そうそう。西潟の年貢の搬送方法が変わったな」

「もう少し、詳しくわからんか」

「以前は、新保浦《しんぼうら》から船積みで敦賀の蔵宿へ運んでいたのが、福井長者町にある蔵屋敷に運んだのちに、三国港から敦賀へ送られるようになったな」

「なに……！」

　そこに、なにかがありそうだった。

「やはり、なにかありそうだな。もしや、不正か」

さすがに文左も、勘兵衛の考えを読んだらしい。

「いや。はやまるな。まだ、なんの根拠もないことだ」

「そうなのか」

文左の目の色が変わっていた。

4

翌日も好天であった。

昼食をすませたあと勘兵衛は、清水町の屋敷の縁側に座って一人、ぬたうつ考えにふけっていた。

朝方にはうるさかった秋蜩《ひぐらし》の声も絶え、ときおり風が庭木を揺らしている。

その後の、文左とのやりとりでわかったことが、いくつかある。

まず、大野藩の年貢米の取り扱いだが、近ごろ変化があったようだ。

というのも、この数年、全国各地で風水害が続発している。

そんななか、一昨年には隣国の美濃において、大洪水が起きた。

その事実を受けて、大野藩では用心のため上方への回米を控えて、いざというときの下構えに藩米の備蓄を決定したそうだ。

城が建つ亀山の麓地北側に、大蔵《おおくら》と呼ばれる米蔵があるが、領地より収納された年貢米を、その蔵へ貯め込んでいく方針をとったのである。

ある意味、これは正しい判断であったようだ。

幸い越前大野では、近年に災害に遭わずにいるが、昨年には、またも美濃において暴風雨で大きな被害が出たという。

万一にも九頭竜《くずりゅう》の暴れ川が氾濫でも起こせば、大野も無傷ではいられない。

特に昨年には全国で飢饉《ききん》が多く起こり、越前の若狭地方でも餓死者が多く出たそうだ。

そのため、米の価格は暴騰した。

これは江戸にても同様で、勘兵衛も、柳原土堤に小屋掛けして、お助け米がふるまわれる光景を、つぶさに見聞している。

この米価の高騰に、近ごろ窮乏に陥りつつある藩の財政を潤すためにも、備蓄の米を高値で売り抜けてはどうか、との意見も出たようだが、なお慎重論が多数であった。

というより武士の生活は、まさに米経済で、米の価格は高ければ高いほど楽になる。

逆に米の価格が暴落すれば、たちまちに窮乏するのが武家社会であった。

そのような、功利的な思惑もあったかに、勘兵衛には思える。

ただ例外が西潟の飛び地で、ここでの年貢米は、従来どおりに上方《かみがた》で換金されているそうだ。

大野藩五万石のうち、西潟における石高は、およそ一割にあたる五千石、それだけで藩経済を切りまわすことは不可能だが、幸いに大野藩には銅山があり、ほかに小物《こもの》成《なり》（年貢以外の雑税）もある。

さらには、御領村《ごりょうむら》（現大野市御領）の弥四郎谷《やしろうだに》に、新たに鉱脈が見つかって、この地に銅山の開発が急がれている。

また、新田の開発も進んでいた。

どうにかなるのではないか、というのがご重役たちの判断で、その間の繋ぎ資金として、新保浦（現福井県坂井郡三国町）の豪商、相木惣兵衛《あいきそうべえ》に二十貫ほどの借銀を申し入れているところだという。

このころ大野藩の本家である福井藩の借銀は、実に二万貫にも及んでいるから、大野藩の財政は、まだまだ健全であったのだ。

少し、脱線をしかけた。

勘兵衛が、もっとも怪しんだのが、郡奉行が権田内膳に変わったのちに、西潟の年貢の輸送方法が変わったことである。

それまで新保浦から敦賀の蔵宿へ、という米搬送の方法が、なにゆえ陸送で府中城下までいき、日野川を遡って福井長者町に置かれた大野藩蔵屋敷へ、という手段に変わったのか――。

勘兵衛には、それが、いちばん疑わしく思えたのだが、文左の説明を聞いて、なるほど……と思わざるを得ない理由があった。

先にも触れたが、西廻り航路が完成したのは最近のことで、北前船が活躍するには、いま少しを待たなければならない。

日本海側からの貨物は、東北地方の北国船《ほっこくぶね》、あるいは北陸地方の羽賀瀬船《はがせぶね》によって越前敦賀に陸揚げされ、琵琶湖水運によって上方《かみがた》へ、というのが一般的であった。

この時期、新保浦で使われている船は羽賀瀬船で、これは筵《むしろ》でできた帆を持つ、せいぜいが百石積みの小型帆船であった。

新保浦では、昔からこの船を使って陸奥《みちのく》や蝦夷地と交易をし、莫大な富を蓄えた廻船問屋が何軒もあるが、この船の弱点は横風や逆風に弱いことで、しばしば海難事故を起こしている。

少し話が飛ぶけれど、この新保浦の海難事故については特筆しておくことがある。

三十年ほど前の寛永二十一年、新保浦から蝦夷松前に出帆した三艘の船が、佐渡沖で遭難、韃靼《だったん》国（明《みん》）に漂着するという海難事故があった。

五十八人の乗組員のうち多くは殺され、十五人は捕虜として現在の中国・瀋陽《しんよう》あたりに連行され強制労働をさせられていたが、清国が明を打ち破って北京《ぺきん》に移され、三年後に奇跡の生還を果たした。

その間の様子は、江戸町奉行所で口書きがとられ『韃靼漂流記』が編まれている。

この海難事故が起こる五年ばかり前――。

加賀藩が、兵庫の北風《きたかぜ》家を使って西廻り航路で、直接に大坂へ米を送ることに、初めて成功した。

そのとき使われたのは瀬戸内海に多い弁財《べんざい》船で、羽賀瀬船に比べて帆走性能も格段によく、はるかに堅牢にできていた。

近ごろは、それがだんだん大型化して、次第に羽賀瀬船を駆逐しはじめた。

ところが、この大型の弁財船、新保浦では浅瀬すぎて、入港が不可能であった。

つい詳細な説明となったが、新奉行の権田は、より安全策をとって旧来のやり方を改め、三国港に立ち寄る弁財船（北前船）で、一気に敦賀へと運ぶ方法を選んだのだという。

（う━む……）

やはり思い過ごしであったか、と考える勘兵衛であったが、どうにも納得のいかない気分である。

（ならば、あの折、彦六は、なにゆえにあれほど気色《けしき》ばんでおったのか）

騎馬の姿を思い浮かべ、勘兵衛は首をひねる。

（しかも彦六は、相手が俺と知って……）

ふむ、たしかに狼狽したようであったぞ。

（なぜだ……）

年貢米搬送の方法を変えた理由に、不審はない。

見られて困るものでは、なかったはずだ。

（やはり、なにかがある）

とつおいつ考え続けるうちに、思いついたことがある。

今回の帰郷について大野では、たいがいの者が、勘兵衛の帰郷理由を知っている。

だが城下を離れ、遠く西潟勤めとなった彦六に、そんな情報は入らない。

（それゆえ、俺の出現に驚いた）

つまりは、誤解した。

（後ろ暗いところが、あるせいだ……）

勘兵衛が江戸で御耳役という、なにやら諜報活動を匂わせるような御役についていることを、彦六が知っていたか、どうかはわからないが——。

江戸屋敷ではなにかを嗅ぎつけて、隠密裡《おんみつり》に勘兵衛が調査にきたのではないか。

彦六がそのような誤解をした、と考えれば、辻褄は合いそうだ。

「旦那さま」

八次郎の声がした。

「どうした」

「室田さまが、お見えです」

「なに、義兄上が……。すぐにもお通ししてくれ」

義兄の室田貫右衛門は徒小頭だが、目付衆が動けば目立つのを避けて、ひそかに坂戸峠での襲撃事件について調べている

なにか、進展でもあったのだろうか……。

5

「いや、きょうも暑うござるな」

縁側にいる勘兵衛の横に座した室田貫右衛門は、

「ちょっと、御免をこうむって……」

両手で懐をくつろがせて、風を送り込んでいる。

「八次郎、冷えた麦湯（麦茶）でもお持ちしろ」

「では、旦那さまの分も……」

「いや。俺はよい」

「承知しました」

やがて八次郎が、大ぶりの椀を持ってきた。

「おう。すまぬな。こりゃ助かる」

室田が喉を鳴らして麦湯を飲んでいるうちに、勘兵衛は目顔で八次郎を下がらせた。

「さて……」

少しばかり間をおいて、室田が口を開いた。

「まだ、はっきりとしたわけではないのだが……」

そう断わったうえで、

「権田内膳という郡奉行の娘婿に、弓の上手がいるらしい」

いきなり権田の名が出て、勘兵衛は緊張した。

「いや、こりゃ、最初から話したほうがよさそうじゃな」

唇を湿して、話しはじめた。

「残念ながら、残された刀の持ち主は、いまだわからぬし、新たに城下にて刀を購入した者もおらぬ」

室田の調査過程が、説明された。

「次に、おまえが言うたとおり、日置《へき》流の弓術道場を訪ねたが、矢羽根を見せても首をひねるばかりでな」

それから要町の矢場にまわって、稽古中の士たちに聞き込みをかけたが、矢幹が篠竹の焦篦《しょうの》で、矢羽根は高麗というても、一向に埒が明かなかったそうだ。

(それは、そうであろうな)

雲をつかむような話である。

「あとは、城下の矢師の家を一軒一軒訪ねた。すると、これなら自分の作ったものだ、という職人がおってな」

「これが、もう、ちょいと耄碌《もうろく》のきた老職人で、なかなかに手こずらされた。まあ、それはよいか……。

「お、そうですか」

　で、矢幹のほうだが、特別な注文でもないかぎりは、いつも篠竹を焦がしたもので
……と言うんだな。うん、つまりは、あまり参考にはならぬ。

　次に矢羽根のほうだが、こりゃ、本黒《もとくろ》、本白《もとしろ》、妻白《つましろ》などと種類が多くてな。それらは犬鷲の尾羽《おばね》らしいが、あの高麗は尾白鷲《おじろわし》のものだという。こいつが、なかなかの高級品であるらしい。ところが、その尾白鷲の尾羽だが、この二年ばかりは在庫が切れて、一向に入手が困難だというのだな。

　もっとも、普段は雉子《きじ》や白鳥などの雑羽《ざっぱ》しか使っておらぬとのことじゃった。つまりは、少なくとも二年以上も前の注文だから、はて、どなたの注文だったかまでは覚えておらん、とこう言うのだな。

　あと、乙矢のほうだが、これまで特に甲矢、乙矢と指定されたことはないという。つまり、それほどにこだわる弓の名人は、この大野にはおらぬということじゃな」

「そうですか。あれではわかりませぬか」

「いや、いや、それであきらめるものではないぞ。思い出せぬのなら、帳面を見せろというて調べてきた。すると……」

「ありましたか」

「おう、あった。それが、なんと、以前の国家老の注文じゃった」

「え、すると、あの……小泉権大夫だと……」

驚くほかはない勘兵衛だったが、

「いや、そう早合点をするな。その帳面を見て、耄碌じじいも、ようやく思い出してくれたの。ほれ、三年前の正月のことじゃ。そのときはご領主さまも国帰り中で、喜寿の祝いに要町の矢場で、弓の腕を競う御前試合がおこなわれたであろう」

「はい。そのことなら、よく覚えてございます」

あれは父が隠居をして、勘兵衛が御供番について間もなくのことで、藩主の護衛の端っこに連なった初仕事らしい初仕事であった。

「そのときの優勝の賞品が金一封、副賞として高麗の矢が五十本。それを手配したのが……」

「小泉家老でございましたか」

「そういうことだ。で、あのときの優勝者が……」

「たしか、西山《にしやま》……とか、いう名だったと覚えておりますが」

「さよう。西山又三郎《またさぶろう》というて、寺社町方吟味役《じしゃまちかた》の西山源之進《げんのしん》の三男坊であった。それが、あのとき御前試合での優勝で名を上げ、権田内膳の娘婿に選ばれたわけだ。つまりは、入り婿養子だな」

「権田さまには、娘御だけで……」

「うん。男児に恵まれず、一人娘であったそうだ」

つまり、ゆくゆくは、権田家を相続する人物だ。

（ううむ……）

こうして、浮かび上がってきた人物だが、たった二片の矢羽根をもって、証拠と決めつけるのは乱暴にすぎる。

だが、その男が権田の養子となれば、大いに疑わしい。

「そのこと……、すでに……」

「うむ。ことがことというか、相手が相手というか、ここは慎重を期すべきと思うて、まずは目付の義父上《ちちうえ》にだけは、役所の外に呼んでもろうて報告しておいた」

「父上に……」

「うむ、孫兵衛さまが、おまえにも知らせてやってほしいと言われてな。孫兵衛さまのほうは城下がりの途次に、塩川さまの屋敷に立ち寄るつもりだ、との伝言も頼まれた」

「そうですか」

やはり、慎重を期しているようだ。

それで、城中を避け、塩川の屋敷のほうで協議しようというのだろう。

両家の縁談が進んでいるさない、か、それなら怪しまれることはなかろう。

「そうそう。実は、ついでのことに、城下の薬屋もまわっておいたのだ。おまえが襲われた、この十四日以降に、切り傷や湿布薬を買い求めにきた家中の者は、おらなんだかな、とな……」

「いや、すっかり足を棒にさせたみたいで、恐縮です」

「なんの。まあ、けっこうな数がおって、聞き調べはしたものの、まるで見当がつかなかったものだが、きょう、耄碌じじいの矢師を見つけたおかげで、少しばかり景色が見えてきた」

「と、いいますと……」

「うむ。権田のところの中間《ちゅうげん》がな……」

室田貫右衛門は、懐から心覚えらしい書付を取り出して、

「うむ。この十五日に、苦参《くじん》と無名意《むみようい》というのを求めていったという。苦参は解熱や駆虫のほか、切り傷にも効があるそうで、無名意は、主に刀傷や槍傷に用いるらしいぞ」

「ほう」

なるほど、勘兵衛もまた、展望が大いに開けた想いであった。

「それだけでは、ないぞ。念のためにきょうも、矢師のところからの帰り道、同じ薬屋に立ち寄ってみたのだが、なんと昨日には同じ中間が、木通《もくつう》というて、これはアケビの木からとるそうだが、膿《うみ》を排する効果があるそうだ。それを求めにきたというから、どうやら手当を誤って、化膿でもしたのではあるまいか」

「そのようですな」

せっかく浅くしか斬らずにやったのに、医者を呼ばず素人療法などするから、そういうことになるのだ……。

(しかし、医者など呼べば、そこから足がつく、とおそれたのであろうな)

畢竟《ひっきょう》、勘兵衛が疑う西潟の不正には、代官所のみならず、郡奉行も絡んでのことだ、と勘兵衛は思った。

西潟不正の発覚

1

(すると……)

と勘兵衛は、忙しく頭を働かせた。

「義兄上、ご苦労ついでに、もうひとつ頼まれてはくれませぬか」

「水臭い言い方をするな。こうなりゃ、とことんやってやる」

「そりゃ、申し訳もない」

「なんの。なんだか、こういった探索は、俺に向いているようでな。これで、けっこう楽しんでおる。で、次はなにを調べればよいのだ」

「はい。実は……」

　勘兵衛は、坂戸峠で賊を撃退したあと、峠下の花山番所で、その日、番所を通って峠に向かった者がいなかったかを尋ねている。

　役人たちは、誰もいなかったという。

「うむ。その気になれば、いくらでも番所は通らずに峠上に出られるぞ」

　室田が言う。

　獣道で、山を登ればすむことだ。

　番所の主な目的は、藩の特産品がひそかに国外に持ち出されるのを防ぐことだから、それほど厳重なものではない。

　勘兵衛は言った。

「こたびのこと、実は、もしやと思うところがございまして……」

「なんであろう」

　室田貫右衛門の目に、力が入った。

「あくまで、もしや……で、ございますが」

「わかった、わかった。じれったいのう」

　室田は、身を揉むようにした。

「は。この十二日の正午ごろ、わたしと八次郎が、府中城下で弁当をつかった折に……」

「ふむ、十二日の正午じゃな」

勘兵衛は、偶然にも西潟から福井へと米搬送をする光景に出くわし、旧知であった彦六に出会ったことを説明した。

すると室田も、

「ふむ」

むずかしい顔になった。

勘兵衛は続ける。

「そののち、我らは福井城下に入って、宿をとったのでありますが……」

「ふん、ふん。読めてきたぞ」

室田は、破顔一笑して言った。

「府中から東郷道を使って、この城下へと考えておるな」

「まさに」

「その日のうちに、は無理としても、ところどころ馬を使っての急ぎ旅なら、十三日には城下に入ることができるな。つまりは先まわりをして、十四日に、おまえらを待ち伏せできるという寸法だ」

勘兵衛もまた、同じことを考えたのであった。

（あのとき——）

彦六は、さりげなく、

——きょうは、どこまで足を伸ばすつもりだ。

と尋ねてきて、勘兵衛は福井城下と答えている。

室田が言う。

「まずは、おまえが襲われた十四日ではなく、前日に花山番所を通った者はおらぬか、さらには、その後、花山番所を出たものはおらぬか。計石村の駅馬あたりも、調べる必要がありそうだな。いや……場合によっては、その先——、うむ、東郷か、もっと先の水落の宿あたりまでも……な」

街道には伝馬《てんま》宿駅の制があって、宿場の問屋場では、人馬の継立《つぎたて》に多数の馬と人足を置いている。

幕府が出す伝馬朱印状を持っていれば、馬も人足も無料で借りられるが、持たない者には駄賃を取った。

国境の計石村は宿場町ではないけれど、宿駅の問屋場がある。

どうやら、勘兵衛が頼みたかったことを越えて、室田は徹底的な調べをおこなうつもりらしい。

「よし。となると、日帰りではすまぬかもしれぬ。徒士頭さまへの届けを、いかようにするか、これはお義父上、あるいは塩川さまのご判断を仰がねばならぬな。いずれにせよ、明朝には旅立とう」

「くれぐれも、ご無理などなさいませぬように」

「なに。その心配なら無用だ」

室田は、大事な勘兵衛の姉の亭主であった。

これまで室田と、通り一遍の会話を交わしたことしかない勘兵衛だったが、室田がこれほどに頭が切れて、行動力のある人物だとは知らなかった。

それで、ふと、いまひとつある疑問を話してみる気になった。

「仮に、我らが考えているように、彦六がわたしを西潟不正の探索の密偵と誤解して、それで先まわりして、権田奉行に注進に及んだとしましょうか。しかし、権田さまのほうでは、わたしの今回の帰郷の事情はご存じのはず……。なれば、思いちがいの内報に、それは誤解じゃ、と判断なされるのでは……と考えます。されば、今回のことは起こらなかった、というのが道理でございましょう、そこのところが、いまひとつ……」

わからぬのであった。

「ふむ……そうよの」

室田は笑い、

「蓬《よもぎ》に混じる麻、といおうか、一犬《いっけん》影に吠《ほ》えれば万犬吠える、といおうか……の。後ろ暗いところがあればこそ、つい浮き足だってしもうて、沈着な判断ができぬ、ということもあるぞ」

「なるほど、そんなものでございましょうな」

たしかにひとは窮地に陥ったとき、思いもかけない行動をとってしまうものだ、と勘兵衛は思った。

2

やがて、城下がりを告げる太鼓の音が聞こえてきたが、まだ孫兵衛は帰宅しない。小役人とはちがい、孫兵衛も、塩川益右衛門も、八ツ（午後二時）下がりであるはずだから、すでに協議は一刻以上を費やしている。

なにやら落ち着かない気分で時間を過ごしている勘兵衛だが、その間にも――。

「勘兵衛や。ちょいと母の部屋まで、おいでなさい」

暇さえあれば、母から声がかかる。

「ほれほれ、ようやく仕立て上がったでな。どこか不都合なところはないか。ちょっと袖を通しなさい」

帰着そうそうには、全身の寸法をとられ、勘兵衛の熨斗目《のしめ》麻裃《あさばかま》が母の手で縫われていた。

仮祝言のときの衣装である。

熨斗目は武士の晴れ着で、普段使いの小袖と違い、練り絹の平織り地で仕立てて、さまざまな色調や模様がある。

「あまり、無理をなされますな」

勘兵衛は、その都度、母の梨紗をねぎらった。

すでに勘兵衛と園枝の仮祝言は、大安の日を選び七月五日と決まっていたから、あと十日ばかりしかない。

準備することは目白押しなのに、勘兵衛がおかしな事件を引きずってきたものだから、準備手配のしわ寄せは、梨紗一人にかかっていた。

それは、塩川家でも同様だろう。

内輪だけで執りおこなう仮祝言とはいえ、実質的には、国許においての結婚式と変わりはない。

これは、勘兵衛が江戸勤めで、それも、いつ国帰りができるかわからない状況だから、やむを得ず、そういうかたちになった。

両家の話し合いで、できるだけ簡素に、ということが決まり、さらには、やや変則的な仮祝言になるのだった。

仮祝言は、清水町の落合家の屋敷で執りおこなわれ、そののち園枝は、その屋敷に住むのが一般的であるのだが、仮祝言ののちは、園枝は再び柳町の塩川家へ戻っていくことになっていた。

その点が、変則的であった。

そして勘兵衛が江戸に戻って、それなりの準備を整えたころに、園枝と両親が江戸にきて、勘兵衛の上司である松田や、園枝の兄である七之丞など、しかるべきひとを集めての本祝言となる。

というような段取りに、なっていたのであった。

「どれ、ぐるりとまわってごらんなさい」

新調の衣服を与えられたときの、子供の時分に戻ったような気分を味わいながら、素直に従った。

「おう、りっぱじゃ」

言ったのち、梨紗は、

「もう少し、袖丈を出したがよいかのう」

「衣冠束帯でもございますまいに、これくらいがようございます」

「そうかえ」

そんなところへ八次郎が、

「旦那さま、どちらでございましょうか」

声を張りあげている。

勘兵衛は廊下に出て、

「どうした、こちらだ」

「ああ、こちらでございましたか。昨日の……中村文左さまが、お見えでございます」

「なに、文左が……。よし、俺の部屋に通してな。茶菓でも出しておいてくれ」

「承知しました」

八次郎が去ったあと、

「では、母上……」

着替えにかかった勘兵衛を手伝いながら、梨紗が言う。

「よい若党を、持たれましたなあ。それに、あの八次郎……そなたのことを兄のように慕うておるようにも見えまする」

「はあ、それは、わたしも……なにしろ、藤次郎と同じ年でございますから、つい、甘やかすことも多うございまして」

「うんうん、藤次郎からは、ときおり手紙がきて、元気そうじゃと知ってはおるが、なにしろ国がちごうてしまったからのう。帰省というわけにもいかぬだろうし、いつ会えるともわからぬしのう」

梨紗が、少し湿っぽい声になった。

「藤次郎も、今のところは江戸が多うございますゆえ、暇をこしらえて、母上が江戸に来られれば、よろしかろう。そうじゃ。ついでのことに、園枝どのが江戸に来られるのに、ついてこられるのが、よくはございますまいか」

「おう、そうじゃのう。一度、旦那さまに相談してみましょうかの」

「そう、なさいませ。わたしからも、父上にお願いしておきましょう」

（どうせなら……）

そのとき、父の孫兵衛も一緒にやってきて——。

そうすれば、江戸で親子四人が久しぶりに揃うのだが……などとも思う勘兵衛であった。

しかし、今はそれどころではない。

昨夜、こおろぎ町の［大吉］で飲み、かつ語らって、一番町あたりで別れたばかりの文左が、早くもやってきた。

なにか、あったとしか思えない。

「待たせたな」

勘兵衛が部屋に入ると、

「突然にすまぬな」

文左が顔をほころばせた。

「足など崩せ。なんぞ、あったか」

勘兵衛が胡座をかいて対座すると、

「では、そうさせてもらうか」

文左も胡座になって、

「昨夜の話が気になったものでな。実は、きょう、西潟の記録に目を通した」

「大丈夫か。怪しまれはしなかったか」

「その点なら大丈夫だ……と思う」

「おいおい」

「結論から言おう。記録方に残る西潟年貢高を、数年分ざっとあたってみたのだが、これという異常はなかった。目立つ増減はない」

「そうか……」

「俺も、そこであきらめかけたのだが、ふっと親父のこと……というより、例の銅山不正のときのことを思い出してな」

「ふむ……」

「それで勘定方へ行って、西潟の勘定帳を見せてもらった」

「おい、そりゃ、ちょいとな……」

もし怪しまれでもすれば、文左に危険が及ぶ。

「心配ならいらん。それより、不思議なことがわかった」

「ふむ……！」

「上方回米での収入だ。奉行が権田に変わったのちの現銀収入が、がたんと落ちておる」

「なに！」

「石高の記録は、それほど変化はないのに、こりゃおかしい。特に昨年は米価は高騰しておる。収入は増えこそすれ、以前より少ないというのは納得ができん」

「それは、たしかに……」

どこかに、からくりがありそうだぞ……と勘兵衛は思った。

3

日が暮れたが、まだ父の孫兵衛が戻ってこない。

文左の置きみやげを、あれこれと考えながら勘兵衛は、自分の内部に湧き起こっている疑惑を、すべて父にぶつけてみよう、と思っているのだが、待つほかはない。

そうするうちに塩川家の中間が、至急、屋敷に来られたし、との伝言を運んできた。

供をしたがる八次郎に、

「いや、塩川さまのところの中間が待っておるからな。おまえは、ここに残って、万一の時には母者を守ってくれ」

まるで、そのような切迫はないのだけれど、

「は。命に替えましても……」

八次郎は、決然とした口調で答えた。

（いやはや、人を使うというのも気を遣うものよ）

内心は苦笑しつつ、

（近ごろ俺は、少し小狡《こずる》くなったやもしれぬぞ）

そんな反省もしながら勘兵衛は、塩川家の中間が照らす提灯で、柳町に向かった。

もう六ツ半（午後七時）は近いだろうが、まだ月の出はない。

（おそらくは――）

塩川の屋敷に呼ばれたわけは、類推できる。

勘兵衛と話し合ったあとに室田貫右衛門が、塩川家に立ち寄って、西潟疑惑のことを報告していったにちがいない。

坂戸峠の襲撃から十日目、当初には、まったく勘兵衛にも心当たりがなかったものが、府中城下における広畑彦六との邂逅に結びつけるに至ったのは、つい昨日になってからのことであった。

それが、まだ海のものとも山のものとも知れない状況だったため、疑惑は自分の胸にとどめて、父親にも言わずにいたのである。

それが――。

まるで炙り出しにでもかけたように、あらわになりつつある。

これが――。

(孔子のいう、隠れたるより見《あら》わるるは莫《な》し、ということか)

などとも思う勘兵衛であった。

(問題は、そこに、どんなからくりがひそんでいるかだ)

ひとは、机上で沈思するよりも、歩いているときに着想を生むことがはるかに多い。

(ふむ。あるいは……)

勘兵衛の裡《うち》にも、一条の光がさしていた。

塩川家の座敷では、大目付の塩川益右衛門と、父の落合孫兵衛が張りつめた表情で勘兵衛を迎えた。

口を開いたのは塩川である。

「突然に呼び出して、すまんの。あらかたの事情は、室田から聞いた」

それに対して勘兵衛は、深ぶかと頭を下げて、こう答えた。

「お騒がせして、まことに申し訳ございません」

すると塩川は、

「なんの。礼を申したいのは、こちらのほうじゃ。獅子身中の虫に気づかずにおったのだからな」

「しかし、まだ、確たる証しはございませぬ。あるは、それらしき気配ばかりにて……」

「うむ、そこじゃ」

腕を組んだのち、塩川が言った。

「そなたの父御《てて ご》とも、そのあたりを話し合っておったのだが、これは軽軽《けいけい》には扱えぬ。じっくりと証拠を集め、言い逃れのできぬ状態にまで追い詰めねばならぬ。しかも、相手に悟られぬようにもせねばならぬ。ここが難題じゃ」

「ごもっとも、なことと思われます」

「で、とりあえずは花山の番所にな。田原将一郎を遣わせた。おっつけ、戻ってくるであろう」

「田原先生を……」

田原将一郎は横目付だが、坂巻道場の次席で、勘兵衛にとっては剣の師であった。

横目付とは横目とも呼ばれて、幕府の職制にはないが、大野藩では目付と徒目付の間にあって、徒目付の組頭に相当する役である。

「うむ。信頼のおける男だからな」

　おそらく勘兵衛が帰郷した日より前に、城下に入った人物や、その後に城下を出た人物などを確かめに行ったのであろう。

　勘兵衛は言った。

「実は、先ほど郡方の中村文左がやってまいりました」

　このとき、父の孫兵衛が口を開いた。

「ふむ。一昨夜、おまえは文左と酒を飲みに出かけたが、さては、なにか調べさせたのか」

「いえ。文左に危害が及んではと思いましたゆえ、そんなことは頼めませぬ。ただ西潟陣屋のことについて、あれこれ教えてもらったのですが、文左め、なにやらおかしいと気づいたのでしょう」

　上方へ回米される西潟米の石高に大きな変化はないが、実際の売り値が近年、大いに減少していることを告げた。

「ふむ、そのことなら、ご重役の間でも訝る声が出て、権田内膳に事情を尋ねたことがある。昨年のことじゃ」

「さようでございましたか。それで……」

「うむ。知ってのとおり西潟の地は海に近くて潮風に晒される。それゆえ、内陸のように上米はとれず、せいぜいが中米であったのだが、この数年は暴風雨もあり、塩害によって下米の収穫にとどまった。値《あたい》が落ちたのは、そのせいだという説明だった」

「ははあ、さようでございましたか」

上米、中米などというのは、米の品質のことである。

なにやら納得しがたい心地は残ったが、現実を知らない勘兵衛には、返すことばがない。

道道に思い描いたことはあったのだが、それを言い出すには憚られる気分があった。

それもさることながら、文左が調べてきたことは、すでに執政が気づいていた。

(それは、そうであろうな……)

それを、そのまま賢《さか》しらげに話した自分が情けない。

少し空気が重たくなったのを察したか、

「ときに、勘兵衛……」

塩川益右衛門が言った。

「そなた、もう夕飯はすませたのか」

「いえ……」

父の孫兵衛が帰宅しないのに、先に夕食をすませるわけがない。

「そうであろうな」

塩川は笑って、

「ほどなく田原が、なんらかの報せを持ってこよう。話は、それからだ。腹がすいては戦はできぬ、というからな。一緒に夕飯にしよう」

「はあ」

「なに、我が家も事情は同じこと。わしが食わねば、家族も空き腹を我慢せねばならぬからな。そうそう、落合の家には、その旨を知らせに家の者を使いに出そう」

するとと孫兵衛が、

「痛みいります」

言って頭を下げたので、

「では、遠慮なく……」

と、勘兵衛も頭を下げた。

4

やがて座敷には、食膳が整えられた。

ごくごく飾らぬ晩餐であった。

もしや、園枝が顔を出すのではないか、と勘兵衛は期待したのだが、膳を運び入れたのは益右衛門の妻女である史《ふみ》と、滝《たき》の二人だった。

滝は伊波利三の姉だが、塩川家の嫡男の元に嫁ぎ、昨年に夫の塩川重兵衛を亡くしている。

塩川家を孫兵衛と訪れた折に、勘兵衛が悔やみを述べたとき、滝は園枝との夫婦固めを喜び、

――義妹《いもうと》同様に利三のこともまた、よくよく頼みましたぞ。

と、頭を下げていた。

昔から、弟思いの滝であった。

その滝のことを益右衛門は、

――お滝は、まだ若い。このまま、後家を通させては気の毒じゃ。重兵衛の一周忌

も過ぎたことゆえ、折がきたなら、伊波の家に戻るようにと話すつもりだ。

というようなことを言っていた。

「さ、遠慮なく箸をつけられよ」

先に茶碗をとった益右衛門が、ややあって、食膳の世話に残った史を見やって、こう言った。

「ところで、園枝は納得したかの」

「はい。手こずりましたが、なんとか……。まだ少し、むくれておるようではございますがの……」

史が笑いを嚙み殺したような表情で、勘兵衛の顔を見ながら、そう答えた。

「………」

思わず箸が止まった勘兵衛に、笑いを含んだ声で益右衛門が言う。

「いや、勘兵衛どの。そのように心配されずともよい。実はな……」

食膳に飯茶碗を置き、茶を一口飲んだのちに言った。

「園枝のやつ、今朝方になって突然に、仮祝言を挙げたのちは、勘兵衛どのと一緒に江戸に出たい、などと言いだす始末だ」

「ははあ……」

園枝どのなら、それくらいは言うかもしれぬ……と思う反面、なぜか勘兵衛のほうがうろたえた気分になった。

「ま、娘の気持ちもわからぬではないが、勘兵衛どのにも江戸にて支度のほどがあろう。いましばらくのことゆえ我慢せよ、と史に説得をまかせておったのだ」

「ははあ……」

勘兵衛に、答えようはない。

すると史が言った。

「ま、できるだけ早く、園枝を送り届けたく思いますので、勘兵衛さまも、ぜひにも江戸での支度をお急ぎくださいませ。十月の声を聞けば、こちらも雪に閉ざされますゆえになぁ」

「は。さっそく明日にでも、江戸留守居の松田さまに文にて、万端の準備をお願いしておきましょう」

そう答えた勘兵衛に、父の孫兵衛が声をあげた。

「おい、おい、江戸留守居さまを、おまえは手足のように使うつもりか」

「いいえ、滅相もない。ただ、こちらでの仲立ちは伊波さま、江戸での仲立ちは松田さまでございますから……」

「ふむ。それは、まあ、そうじゃが……」

父の孫兵衛も納得して、いつの間にか座敷には、和気藹藹《あいあい》という空気が満ちてきた。

花山番所まで出張っていた横目の田原将一郎が、塩川家を訪れてきたのは五ツ半(午後九時)ごろであった。

「たいへん遅くなり、申し訳ございませぬ」

言いながら座敷に通った田原は、

「お……!」

そこに勘兵衛の姿を見い出し、大きく目を見開いた。

「久しいのう、勘兵衛」

「はい。先生にもお変わりなく」

「ふむ。先生などと……。そりゃ昔の……。いやいや無駄話は、またの日としようぞ」

言って田原は、益右衛門と孫兵衛に一礼ののちに――。

「では、順を追って、ご報告いたします」

「うむ」

「まずは、十三日の夜に、旅装の武士が城下に入ったそうでございますが、その折、笠もとらずに番所を過ぎようとして誰何《すいか》され、福井蔵屋敷の誰それと名乗って通ったそうにございます」

「なんじゃ。その誰それというのは……」

「は。聞くには聞いたが、失念したとのことでありまして」

「たるんどるなぁ。おまけに名を聞いただけで通らせたのか」

益右衛門は、あきれたような声を出した。

「は。叱って口を閉ざされても困りますゆえ、責めはせぬから正直に申せ、と言い聞かせましたところ、その誰それに、急ぎの公用だと言われて、そのとおりに信じたそうでございます。

一方、同人らしき人物が、十六日の早朝に城下を出たようですが、こちらも黙って通過させたよし……」

（そやつだ！）

勘兵衛は、そう思った。

「そこで、人相、風体、服装などの特徴を詳しく尋ねましたなら、中肉中背、顔にこれといった特徴はなく、茶の単衣《ひとえ》に萌黄《もえぎ》色の野袴《のばかま》、瓶覗《かめのぞき》（ごく淡い青色）の夏羽織は無紋にて、どこにでもあるような菅の笠といったぐらいでありまして」

(彦六ではなさそうだ……)

勘兵衛が思っていると、益右衛門が、

「それでは、何者ともわからぬわけか……」

嘆息するように言った。

「いえ、話は、ここからでございます」

「そうか」

はずんだ声を出した田原に、益右衛門は身を乗り出した。

5

田原将一郎が続ける。

「これではならじと、組屋敷の非番の者をあたりましたところ……」

花山番所の番人は十五人が定員で、花山村内に設けられた組屋敷に住んでいる。

うち九人が常時、番所に付随の番役所につめて寝起きをし、朝番、昼番、夜番の三交代で、それぞれ三人ずつが張り番をする。

つまり番所や番役所にはいなかった番人が、まだ六人残っていたのである。

田原は続けた。

「順番に訪ねて聞き込んでいったところ、うち一人が言うには、十三日の当夜は夜番にあたり、そろそろ交替時間だというので、三人揃って番役所を出たところ、同役の下村《しもむら》という者が番所の人影を見て、おや、あれは久保さまではないか、と洩らしたと言います」

（久保……！）

勘兵衛は、胸の覚えを抑えつけて、田原の報告に耳を傾けた。

「そこで、さっそく下村を問いただしましたところ――」

「うむ」

「下村が言うには、そのときは見知った顔のように思えたが、番所の灯りでちらりと見ただけなので、確信はない。それに交替をする昼番の者から、いま通ったのは福井蔵屋敷の役人だと聞かされたよし。それで、やはり勘《ただ》ちがいであったと申します。勘ちがいでもよいから、誰と思ったのか申してみよと糺しましたところ、出てきた名が久保弥七郎でございました」

「久保弥七郎……？」

益右衛門が、不得要領な声を出し、

「何者だ。そやつ……」

「はて……」

孫兵衛も首を傾げた。

御家中に又者《またもの》もくわえれば、城下の士の数は相当なものになる。

とても覚えきれるものではない。

勘兵衛は、うずうずしながら田原の発言を待った。

「下村と申す番人は、まだ若年にて、五年前に父親を亡くし、それで番人役の跡を継いだそうですが、そのときまでは家塾に通っておって、そこで四書五経の素読を習ったのが、久保弥七郎だったと言います。それゆえ久保は御家中にちがいなく、ただ下村はその役職までは知りませなんだ。まずはご報告をと立ち寄りましたが、これより役所に戻り、久保弥七郎の身許を調べる所存にございます」

というところをみると、田原もまた、久保弥七郎の名に心当たりがないようだ。

この大野には、家塾の制というのがあって、選ばれた家士たちが輪番で、それぞれ得意とするところを講義する。

武士の子は、九歳になると、この家塾に通うことができるのだった。

「よろしゅう、ございましょうか」

とうとう勘兵衛は、声をあげた。

「どうした、勘兵衛」

隣りに座る父の孫兵衛が言う。

「は、実は久保弥七郎の名に覚えがございます」

「まことか」

と、これは益右衛門。

「は、実はこれも、郡方の中村文左から聞いたのでございますが、久保弥七郎は元勘定吟味改役で、権田内膳が郡奉行になったのち、西潟陣屋の手代頭に役替えになったとか……」

「なんと……！」

少し高い声を出した益右衛門が、

「うむ……。そういえば……」

天井を振り仰いで、

「なんとのう、覚えがあるぞ。それまで西潟の手代頭だったものが勤番に替わって……、うむ、名などはとっくに失念したが、異例なことであったから、なんとのう覚えておる。

いや、そんなことよりも、いよいよ西潟には不正があって、それには奉行も絡んでおりそうなことが、はっきりしてきたではないか。さて……。その動かぬ証拠を、どのように集めたらよいものか……」

考えあぐねるような声になった。

目付職にある、落合孫兵衛が言う。

「権田が郡奉行におさまったのち、変わったことといえば、ただいま大目付さまが言われた手代頭の交替、それから、年貢米を福井の蔵屋敷に移す手段、あとは塩害によるという、年貢米の品質の低下、この三点にまとめられましょうな」

「うむ。そこよ。そこにどんなからくりが潜んでおるのか、まずは、それを解明せぬことには、動かぬ証拠もつかめぬぞ」

「そういうことで、ございますなあ」

孫兵衛も相槌を打って、首をひねる。

田原将一郎も、考えをこらしているようだ。

いよいよ清水町の屋敷から、この塩川家屋敷への道道に、思い描いたことを告げるときがきた、と勘兵衛は思った。

「少少、でしゃ、ばる、ようではございますが……」

「かまわぬ。なんなりと述べるがよい」

益右衛門が言った。

「は。愚考いたしますに、まずは中米が塩害にて下米になった、というのが真っ赤な偽り」

「うむ、うむ。それくらいは、わしにも見当がつくわ……」

と、益右衛門。

「はい。第二に、それまで新保浦から舟運にて敦賀に送られていた年貢米が、府中城下まで陸送されて、そこから日野川の舟運にて福井に、と変わったる点。ここにからくりが潜んでおりましょう、すなわち、西潟陣屋の米蔵から出た年貢米が、府中城下へ運ばれる四里足らずの間のいずこかで、米俵を別物と、そっくり入れ替えるという方法が考えられましょう」

「なに、そっくり入れ替える？」

「はい。石高の数字だけは合わせて、仮に中米の米俵を、いずこかの産の下米の米俵と入れ替えるだけで、その差額が懐に入るという寸法でございます」

「そのような途方もない……いや、ううむ……」

益右衛門は、ひとしきりうなったのちに、

「あり得ることじゃ。落合どのは、どう思われる」

孫兵衛の意見を求めた。

「はあ、そうなると、まことに大がかりな不正、ではありますが……」

ここは、伜である勘兵衛の肩を持つわけにもいかず、歯切れの悪い返事となっている。

そうと察した益右衛門は、

「田原は、どうじゃ」

「は。おそらくは、勘兵衛……どのの見通しに、ちがいはないと思われまする。となると、裏には悪徳商人も絡んでおりましょう」

と田原将一郎が意見を述べた。

「うむ。どうやらそれにちがいない、とわしも思う。さすれば、方針も立てやすい。まずは、ひそかに西潟に残った米と、福井の蔵屋敷におさまった米とを比べれば、はっきりすることじゃ」

と益右衛門が言うと、孫兵衛が、

「西潟陣屋の米蔵を調べるとなると、敵に悟られる危険が生じます。それより、西潟十三ヶ村のうちの、いずれかの庄屋のところに残る食扶持米《くいぶち》を調べたほうがよかろうか、と思われます」

と言うと、田原将一郎も発言する。

「それにくわえて、直ちに密偵を放ってはいかがでしょう。西潟陣屋から府中の間の、いずこかで、そっくり米が入れ替わるなら、その現場を探れば、悪徳商人の正体も知れましょう」

「それは、そうだが、さて、まだ西潟に年貢米は残っていようかの」

益右衛門が危ぶむのに勘兵衛は、

「それならば、まだ間に合いましょう。わたしが府中にて、広畑彦六に出会ったとき彦六は、この秋には新たな年貢米が入るから、ぐずぐずはしておれん、と言っておりました」

すると益右衛門は、

「そうか。それなら、大いに期待が持てそうだな。では、人選のことも含めて、これから細かな方策を講じてまいろうかな」

談論風発して、この座敷が作戦会議の場と変わった。

大野城下騒然

1

二日ののち──。

勘兵衛は、久方ぶりに八次郎とともに昼食をとり、八次郎と語らった。

といっても、この数日来の騒ぎについては口にしないし、八次郎も心得て聞いてはこない。

八次郎が言う。

「きのう、旦那さまは松田さまに文を送られたようでございますが……」

中身を知りたいらしい。

「来月五日には、いよいよ仮祝言であろう」

「はい。そう承っております。一度しかお目にかかりませんでしたが、あの、園枝さま……いやあ、お美しい方でございましたな」

「これ、冷やかすつもりか」

「とんでもございません。いずれは旦那さま同様に、わたしが仕える相手でございます。いやあ、それにしても羨ましい」

「やはり、冷やかしておるではないか」

「あれ、話が横道に逸れたようで……」

八次郎は、頭を掻いた。

「逸れたのは、おまえのせいだ。よいか、仮祝言を挙げたとて、それで園枝どのと正式な夫婦となったわけではない」

「それは、そうでございましょうな」

「だからして、仮祝言が終われば、園枝どのは一旦、塩川の屋敷に戻るのだ。そういう段取りになった」

「ははあ、すると……」

「我らが江戸に戻ったあと、ころ合いをみて園枝どのが江戸へくる。それから、正式な夫婦固めということになるな」

「なるほど、そうしますと……」

「ささやかながら、それらしい盃事《さかずきごと》をしなければならぬ。その仲立役は松田さまが取り仕切ってくださることになるが、さて、新しく花嫁を迎えるのに、今の町宿がふさわしいかどうか」

「ああ、そうか。あのような美しいお嬢様を、掃き溜め……いえいえ、長屋の奥などにお迎えするわけにはいきませんな。すると、引っ越しということになりましょうか」

「さて、俺のほうは、あの猿屋町の町宿が気に入っておるし、別にかまわんと思うのだが……」

「いえ、それはいけません。第一、わたしの身の置き所がありません」

「ばか、なにを考えておるのだ」

言うと、八次郎は、妙に照れた顔になった。

次には、少し心配げな声になって、

「もしや、江戸屋敷内、ということはありませんよね」

「そうなるかもしれんな。そのあたりのことを、松田さまにお願いしておいたのだ。我らが江戸に戻ってから動いたのでは、少少遅くなりそうなのでな」

い。

「いやあ、江戸屋敷は、いやだなあ」

なおも八次郎が言う。

たしかに藩邸内に組屋敷をもらえば、日ごろの行動も、今のように自由にはいかない。

八次郎は、それを窮屈だと思っているようだ。

「それはそうと、江戸には、いつお戻りになるのでございましょうか」

次に八次郎が尋ねたのは、それだった。

「うむ。松田さまにいただいた暇《いとま》は、二ヶ月であった。江戸を発ったのが今月の二日だから、来月の末には帰り着きたい。となると、ここを出立するのは来月半ばごろ、ということになるな」

「ははあ、二十日あまりのちですね。今度もきた道を戻られるおつもりですか」

「いや、今度は美濃街道で八幡町へ出て、郡上《ぐじょう》街道で加納（岐阜）まで、あとは中山道でと考えている」

答えると八次郎、

「ああ、それがようございます。これで、ようやく準備した道中絵図が役に立ちます。さっそく子細に眺めておきましょう」

な）

嬉しそうな顔になった。

勘兵衛のみるところ八次郎は、より広い知見を喜んでいるよりも――。

（道中絵図に書かれた、各地の名物……それも食い物を楽しみにしておるのだろうな）

としか思えなかった。

そんな折、父の用人を務める望月三郎がやってきて、

「若さま。ただいま、主人よりの文を目付役所の役人が届けてまいりました」

言って、糊づけされた文を出した。

「俺にか？」

「は、そのように」

「わかった」

なんであろうと封を破ると、ただひとこと、〈塩川家の屋敷にて待て〉とだけある。

ということは、きょうも孫兵衛は、城下がりののち、塩川家に直行するようだ。

勘兵衛は望月に、

「使いの方に、承知したとお伝えください」

「は」

望月が去った。

「なにか、ございましたか」

さっそく八次郎が聞いてくる。

「ちょいとな。また、塩川の屋敷にまいらねばならぬ。おそらく、仮祝言の打ち合わせであろう」

「はあ、さようで……。あ、お召し物は」

「そこの袴と、羽織でよい」

「承知いたしました」

乱れ箱に向かう八次郎の背を眺めて、勘兵衛は少し考え、

「きょうは供をするか」

「は、よろしいので」

振り向いた顔が明るかった。

「その代わり、別室で長く待つことになるかもしれんぞ」

「はい。道中絵図でも眺めて待ちましょう。平気でございますよ」

すこぶる脳天気なことを言った。

一昨夜、塩川邸では、西潟不正に関する調査事項の策定や、その人選まで、作業は

深夜にまで及んでいる。

特に人選には苦労して、徒目付を多く動かせば、あまりに目立ちすぎるから、眼鏡にかなった徒目付の子弟たちを中心に選ぶことになった。

その翌日……つまりはきのうだが、孫兵衛は非番にあたった。

しかし、横目の田原が屋敷にやってくるのを待ちかねたように、ひそかに要町の徒目付組屋敷をまわり、それぞれに密命を与えている。

田原は、そのような人選にのぼった者たちの父や兄たちにあたって、子弟に密命を与える旨の諒解をとると同時に、箝口令《かんこうれい》も敷いてきたのであった。

なお、念には念を入れて中村文左には、田原将一郎が手配の護衛の士が、文左にも気づかれることなく登下城の際に、また文左の住居周辺にもついている。

これは、特に勘兵衛が願ったもので、まずは、一安心であった。

2

塩川家の門をくぐると、すでに連絡が入っていたのか、塩川家の用人、榊原清訓《さかきばらきよのり》が玄関口で待ち受けていた。

　先代のときから塩川家に仕える初老の榊原に、八次郎を若党だと紹介すると、

「さようでございますか。当家用人の榊原と申す。のちほどご案内をさせていただくほどに、しばしお待ちくだされ」

「承知いたしました」

　八次郎が玄関先に控えるのにうなずきながら、勘兵衛は式台に上がって、両刀を榊原に預けた。

「いつもの座敷でございます」

「わかりました」

　勘兵衛が先に立ち、預かった刀を運びながら榊原が、背後から小声で言った。

「室田貫右衛門さまが、先着なされております」

「そうですか」

　人馬継ぎ立ての問屋場の洗い出しに、昨朝出かけた義兄が、探索を終えて戻ったのだ、と勘兵衛にはわかった。

　父からの指示は、このためであったのだろう。

「お……」

　廊下の先に人影を認めて、勘兵衛は思わず足を止めた。

園枝であった。

園枝は、まっすぐ勘兵衛のところに歩み寄ってきて言った。

「なんだか、忙しそうね」

「うん。いろいろとあってな」

「そうみたいね。せっかくお戻りになったのに、ゆっくり話す暇もありゃしない」

言いながら、さらに近づいてきて囁くように尋ねた。

「小野口さまのほうは、大丈夫？」

娘島田から香油の匂いが漂った。

「ああ、それならもう片がついた」

「ほんとに……」

「心配には及ばないよ」

「よかった……」

園枝は、少し身体を離してから胸を押さえ、それからその手を髪にやった。

そこには、勘兵衛が先日園枝に渡した簪がある。

次に園枝は、勘兵衛の後ろで神妙に控えている榊原に、

「じぃ、ごめんね。お邪魔さま」

と、声をかけ、

「では、ごゆっくり」

勘兵衛に、にこりと笑いかけたのち奥へと消えた。

「すみませんでした」

勘兵衛も榊原に言うと、

「いえ、もう、まもなくでございますなあ。寂しくなりまする」

榊原が、ぽつりと答えた。

座敷では室田貫右衛門が座していて、

「義兄上、お疲れ様でございました」

勘兵衛が声をかけると、

「なんの。首尾は上上《じょうじょう》」

「さようで」

「うむ。したが、大目付さまや、お義父上にも、また同じことを言わねばならぬ。まもなく八ツ（午後二時）だ。お二人が揃うまで待とうか」

室田は探索を終えて城下に帰り着き、その足で目付役所に孫兵衛を訪ねたところ、塩川家にて待つように指示を受けた、と説明したのち、

「相変わらず、用心をしているようだな」

と問いかけてきた。

「はい。実はあれから……」

急転直下の変化について、勘兵衛が室田にかいつまんだ説明をしているうちに――。

八ツ下がりの太鼓が聞こえ、しばらくして塩川益右衛門と落合孫兵衛の二人が、一緒に座敷に入ってきた。

二人とも、肩衣をつけた半裃のままで着座して、益右衛門が、

「待たせてすまぬの。その後のことは、勘兵衛から聞かれたか」

「はい。ざっと伺ってございます」

貫右衛門が答えた。

「うむ。それならよい。首尾は上上とのことらしいが、まずは、そなたの報告を聞かせていただこうか」

「は。子細までは申し上げませぬが、計石村にて調べたるところ日暮れごろに、借馬の武士一人到着、名まではわかりませぬが、水色の羽織に萌黄色の野袴……」

「うむ！」

益右衛門が声を発した。

花山番所の証言に、服装が一致する。

「そのときの馬人足は、東郷宿で雇われた者にて、そこで拙者は東郷に向かい、順順に浅水、府中と巡りましたるところ、問屋場に同人物と思われる足跡が残っておりました。それで、もしやと府中城下、日野川近くの船頭溜まりへまいりまして、勘兵衛どのが米回送を目撃したという、この十二日の様子を聞き込みましたところ、萌黄の袴に水色羽織なら、丹生郡織田村にある陣屋の手代頭で、久保というお方ではなかろうか、とのよし」

「うむ。どんぴしゃりと決まりじゃ」

益右衛門が言い、皆がうなずいた。

「いや。御役ちがいのそなたを引っ張り出して、いかい世話をかけたのう」

益右衛門が、労いのことばをかけたあと、続けた。

「もうひとつ、断わっておかねばならぬことがある。実は、そなたの弟御の小左衛門《こざえもん》のことじゃが……」

言いかけたのを貫右衛門が、

「あいや」

右手を挙げて押しとどめ、

「小左衛門とは、帰途の半ば、美山《みやま》の大宮村《おおみや》あたりで、出会うてございます。こたびは、ありがたくも徒目付見習の職を賜わりましたそうで、まことに恐縮次第もございません」

平伏した貫右衛門に、

「そうか。そうよのう。行きと帰りじゃものなあ、出会うはずじゃ。で、役向きのことも聞かれたか」

「はい。ざっと……」

勘兵衛にとって義兄にあたる室田貫右衛門には、二十三歳になる四つ年下の弟、小左衛門がいた。

小左衛門に与えられた密命は、西潟陣屋と府中の間での米交換を探る一員で、これは、もっとも枢要の役目であった。

さらに貫右衛門は、続けて言う。

「つきましては、まことに僭越《せんえつ》勝手ながら、お願いの儀がございます」

「なんであろうの」

「はい。ことは御家の大事にて、許しがたき所行と思われます。それで小左衛門の一隊に、拙者をおくわえくだされたく、切にお願いをいたします」

「ふうむ……。そりゃあ、そなたがくわわってくれれば鬼に金棒じゃが……」

今度のことで、貫右衛門の探索能力が優秀なことが認められている。

「さて……」

益右衛門は、孫兵衛、そして勘兵衛にも視線を移してから言う。

「あの探索は、何日かかるともわからぬでのう。私事《わたくしごと》を申すようじゃが、そなたがくわわれば、勘兵衛の仮祝言には間に合わぬことになるやもしれぬぞ」

「元より承知、拙者の名代として妻の詩織を、ということで、義父上、勘兵衛、ご承知くだされようか」

詩織は実の姉だから、勘兵衛に異存はない。

勘兵衛がうなずくのを見ながら、孫兵衛が答えた。

「元より、異はない。あとは、大目付さま次第」

「ふむ。されば……」

益右衛門は、やや間をあけたのち、

「室田どの。きょうのところは屋敷に立ち帰られて、ゆるりと疲れをとられよ。出立は明日じゃ。それでよいな」

「は」

「うむ。あとあとのことは、徒士頭はじめ、わしのほうから筋を通しておくゆえに、その点は心配なされるな。ところで小左衛門たちと、そなたの繋《つな》ぎじゃが……」

「は。浅水の宿はずれにある泰澄寺《たいちょうじ》、そこを陣所とすることは聞いてございます」

と貫右衛門が答えると、

「いや。抜け目のない奴じゃのう」

益右衛門は、呵呵大笑《かかたいしょう》をした。

3

もはや西潟不正の一件は、完全に勘兵衛の手を離れた。

翌日、勘兵衛は中村文左が非番と聞いて、八次郎を使いに出した。

夕刻、例のこおろぎ町の［大吉］で待ち合わせるのは、どうかと尋ねさせたら、文左には元より否やはなかった。

先日は、西潟の件に話が及んで、文左とはろくに酒を酌み交わせなかった。

文左との約束の時刻よりかなり早く、勘兵衛は八次郎を連れて清水町の屋敷を出た。

そして、懐かしい城下の町町を歩きまわり、ようやく帰郷した気分にひたった。

この日は笠をつけずに出かけたので、ここかしこから視線が送られてくる。

八次郎に食わせる菓子を求めようと店に入ると、

「もしや、無茶勘さまでは、ございませぬか」

店の者までが、尋ねてくる始末である。

勘兵衛は苦笑して、

「いかにも」

と答えるだけだが、

「よく、お顔が売れておりますなあ」

八次郎が感心した。

およそ一刻ほども、町町をぶらついたが、ついに懐かしい再会はなかった。

そろそろ夕刻も近づいて、勘兵衛は八次郎と別れて［大吉］に行くと、店頭には、まだ提灯も出ていない。

(開店前か……)

少し早すぎたかと思ったが、表障子を開いて中に入った。

やはり、土間には一人も客がいない。

ところが女将の百が台所から姿を見せて、

「お待ちかねだよ」

と声を発するや、奥の座敷から文左が顔を覗かせた。

「おう。えらく早いな」

「うん。もう、料理も頼んでおいたぞ」

勘兵衛が座敷に上がると、もう行燈にも火が入っている。

「今宵こそ、ゆっくり飲もうぞ」

勘兵衛が言うと、文左は、うんうんとうなずき、すぐに女将が酒に小鉢物を運んできた。

きょうの小鉢物は、凍《こお》り豆腐の旨煮に糸切り海苔がふりかけられている。

「では、再びだが、再会を祝して……」

互いの盃に酒を満たし合ったあと、勘兵衛は盃を掲げた。

「うむ。再会を祝して」

文左も盃を上げて声を出し、ともに盃を干した。

「あとは互いに、勝手酒といこうぞ」

空いた盃に、自分で酒を注ぎながら勘兵衛が言うと、

「うむ。そうしよう」

答えた文左であったが、

「ところで、例の件はどうなった」

やはり、尋ねてきた。

「ああ、西潟の件か……。ありゃあ、やはり俺の思い過ごしだったようだ」

とぼけてみせると、

「ふうん」

文左は、なにやら納得のいかない表情を見せた。

「実は、おまえがあとで知らせてくれた、米の現銀収入が減じている件だが、聞けば御執政たちも訝って、もう昨年には権田奉行から事情を聞いて、納得をなされたそうだ」

「そうなのか」

「御執政も、見るところは見ているということだな」

「そうか……」

あとで、文左には恨まれるかもしれないが、役所内を嗅ぎまわられると、それこそ元も子もなくなるおそれがあるし、また文左に危険が及ぶおそれもある。

敢えて勘兵衛は、欺瞞に徹底した。

今の文左を見るかぎり、文左が勤める郡代役所に、特別の変化は見受けられない。

「ところで、園枝どののとのご婚儀も、もう間近だな」

文左が話題を転じてきた。

「八日後だ。仮祝言で身内だけで執りおこなうことになったゆえ、おまえは招《よ》べぬが悪く思うな」

「いや、とんでもないことだ。それより支度で忙しいだろうに、よくぞまた誘ってくれたなあ。嬉しく思うぞ」

「いやいや、こちらこそ、先夜は俺の、思わぬ勘ちがいで、話したいことも、ろくには話せなかった。今宵は、伊波や七之丞のことも話そうと思うてな」

やがて料理も運ばれてきて、入れ込みの土間にも客が入りはじめた。


翌日のこと——。

この日は非番だった父や母たちと、七日後に迫った仮祝言の打ち合わせをしていると、夕刻近くになって、塩川家から使いがきた。

「ちょいと出かけてくるぞ」

きょうは、父一人が塩川家に出向いた。

このところ、孫兵衛や勘兵衛が頻繁に塩川家に出入りしているが、たとえそれが目についたとしても、両家の婚儀が近いのだから怪しまれることはない。

一刻もせぬうちに戻ってきた父が言うには、

「福井長者町の蔵屋敷に向かわせた者が戻ってきた」

「ははあ、それで……」

「うむ」

父は苦虫を嚙みつぶしたような表情になり、

「下米どころか、屑米に近いものや、虫食い米といった代物《しろもの》だったそうだ」

吐き捨てるように言った。


さらに二日後、新たな情報がもたらされた。

西潟米調査の者が戻ってきたのだ。

調査は、西潟陣屋のある丹生郡織田村を避け、北方一里ほどの距離をおいた、丹生郡入尾村《いりおむら》の庄屋宅に残された、昨年の米を調べたのである。

勘兵衛の父は、ほとほとあきれたというような声音《こわね》で、

「下米どころか、立派な上米であった。塩害などとは権田のたばかり、入尾村の庄屋

が申すには、西潟十三ヶ村は、たしかに海に近いが、国見岳《くにみだけ》、越知山《おちさん》、六所山《ろくしょやま》などと連なる丹生山地が屏風《びょうぶ》となって海風を遮り、天候によって獲れ高に増減はあるが、この十年ばかりは、ずっと上米を保っている、とのことでな」

「ははあ……」

勘兵衛にしても、あきれるほかはない。

だが、ふと思いついたことがある。

「そうしますと父上、権田以前の……いや、山路帯刀が郡奉行のときから、西潟米には不正があったやに思われますが」

「そういうことになるのう。今回の不正には西潟に、元もとの下地があったゆえのことかもしれぬ。権田には、そこにつけ込まれたのよ。案外、年貢米の入れ替えは、ずっと以前からの慣例になっていたのではないか、と塩川さまも申しておった。こりゃ、西潟を郡奉行と代官所にまかせきりで、実態調査をしてこなかった藩政の失策じゃ。この際、大掃除をせねばならんようだ」

あとは、室田貫右衛門、小左衛門たちが、年貢米入れ替えの現場を目撃し、本来の年貢米がどこへ流れていくか、までを見届けてくるのを待つしかない。

4

嵐の前の静けさのなか、仮祝言の日がやってきた。

清水町の屋敷では、門の両扉を開いて紅白の幕を玄関まで張り巡らせ、門前には高張提灯が掲げられた。

また屋内では、襖を取り払って広座敷を作り、床の間には天照大神《あまてらすおおみかみ》が祀られ、供物もすでに置かれていた。

「ふむ、蓬萊台《ほうらいだい》もたしかにあるな」

蓬萊台は、唐伝説の蓬萊山をかたどった縁起物の台で、飾り物として使われる。

孫兵衛が、それらを、いそいそと総点検に歩いていた。

「なにか、お手伝いをすることはございませぬか」

そんな父に勘兵衛が声をかけると、

「なにを言う。花婿のおまえは、でんと構えておればよいのだ」

と言われても、勘兵衛もなにやら落ち着かず、じっとしていることができぬのだ。

その庭先に、八次郎と下男の忠次が二つめの臼を運んできた。

「このあたりで、よろしいんやざか」

　忠次が尋ねるのに孫兵衛は、

「ふんふん。右側の臼をな、あと二尺ばかり離したほうがよさそうだぞ」

　花嫁が到着したときには、左の臼で餅を搗《つ》き、それを右の臼に移して再び搗く、というのが、めでたい礼式のときの恒例となっている。

「よしよし、そのあたりでよかろうぞ」

　満足げに、孫兵衛は言った。

　奥や台所では、朝早くから手伝いの女たちが集まり、あれこれの準備に余念がない。ときおり、華やいだ声が、がらんとした座敷にも響いてくるのである。

　八ツ（午後二時）の城下がりの太鼓が鳴ったころ——。

「父上、ほれ勘兵衛も、そろそろ衣服を改めませんと」

　晴れ着の上から襷を掛けて、室田貫右衛門に嫁いだ、姉の詩織が言う。

「まだ二刻もあろう。式が始まるのは暮れ六ツ（午後六時）ごろからだ」

　孫兵衛が言うと、

「なにを呑気なことを。気の早い御客人もおられますゆえ、早めにお着替えをいただかないと。母上も、着替えをはじめておられますよ」

「ふむ。そんなものか。よし、では勘兵衛、着替えるとするか」

孫兵衛は用人の望月を呼び、勘兵衛は八次郎に手伝わせて、着替えにかかった。

着替えといっても、父親は紋付麻袴に肩衣、花婿は熨斗目麻袴に肩衣と、花嫁や母親ほどの手間はいらない。

ただ勘兵衛は江戸に出て以来、めったに肩衣をつけることがなかった。

それで、八次郎も不慣れのため、もたもたとしている。

「お手伝いいたしましょう」

孫兵衛のほうを終えた望月がくわわった。

「こりゃ、面目もございません」

八次郎は、大いに恥じ入っている。

こうして支度も調った。

御供番として、一年ばかり城勤めをした勘兵衛も、久方ぶりに肩衣をつけると、なんだか背筋が伸びた心地がする。

「いや、どうにも落ち着きませぬ」

八次郎が言った。

「おまえの祝言でも、あるまいに……」

「それは、そうですが」

からかったつもりの勘兵衛も、実のところ、どこかふわふわした気分であった。

（これは、いかぬ……）

そこで勘兵衛は、玄関を入ってすぐの書院にこもって、気を落ち着けることにした。

「八次郎」

「はい」

「七ツ半（午後五時）を過ぎるころに、花嫁の駕籠が出る。おまえは物見に出て、駕籠が出たら知らせてくれ」

「承知いたしました」

勘兵衛は書院に入ると、床の間に向かって座った。

この床の間にも、天照大神が祀られている。

といっても、〈天照皇大神〉と書かれた掛け軸が掛けられているだけのことだ。

きょう、この書院は、駕籠できた園枝が最初に入る部屋である。

勘兵衛は、静かに目を閉じ瞑想した。

どれほどの刻が流れたろう。

だんだんに、屋敷の内部に慌ただしさが満ちていくようだ。

廊下に足音が乱れ、出入りも激しくなっていく。

やがて、ぼちぼちと客が集まりだした。

「うむ。今宵はめでたいのう」

聞き覚えのある、落合七兵衛の野太い声も聞こえてきた。

痛めた腰は、もう治ったらしい。

勘兵衛は、変わらず端然と座り続けた。

奥のほうから、ざわざわと雑談の声が届いてくる。

もう、おおかたの客は揃ったようだ。

しばしして——。

「旦那さま」

八次郎の声がした。

「よいぞ」

言うと、書院の襖が開けられた。

「つい先ほど、花嫁の駕籠行列が、塩川家を出ました」

「そうか」

「お濠端は、見物の衆でいっぱいです」

（余計なことを……）

勘兵衛は思ったが、不快な思いはなかった。

「では、望月さんにも、そのことを知らせてこい」

「それなら、忠次さんたちがもう」

下男も物見に出ていたようだ。

花嫁の駕籠は、仲立ちに先導されて、裃姿の供や護衛を従えて進む。

勘兵衛は四年前、室田貫右衛門に嫁ぐ、姉の詩織の供をした。

そのときの様子を思い出しながら、園枝の花嫁行列を想像した。

（いよいよだ）

それからまもなく――。

「花嫁さま、ご到着ぅ」

せいいっぱいに張りあげた、望月の声が届いてきた。

庭では、餅搗きがはじまったようだ。

花嫁の駕籠は、駕籠のまま門をくぐって玄関までやってくる。

もっと高禄の武士の家なら、女中たちが式台のところで駕籠を受け取り、そのまま担いで廊下を進み、大広間へと運ぶのだが、女中などいない家では、そこまではしない。

駕籠は玄関で下ろされ、仲立ちの妻が花嫁の手を引いて先立ちする。

「開けまするぞ」

望月の声がして、襖が開かれた。

勘兵衛がうなずくと、望月もうなずき返し、襖を開け放したまま去った。

勘兵衛は、立ち上がった。

本日の仲立ち役、伊波仙右衛門の妻である郁《いく》が、園枝の手を引いて書院に入ってくる。

続いて園枝……。

白無垢の小袖に、純白の打掛《うちかけ》、頭には白い綿帽子、ややうつむき加減の顔《かんばせ》には、一点の口紅……。

(美しい……)

緊張をしながらも、勘兵衛は思った。

その後ろから、伊波仙右衛門も書院に入ってきた。

郁が言う。

「さ、花婿さまと並んで大御神《おおみかみ》さまを拝みなされ、二拝二拍手《にはいにはくしゅ》でよい」

二人は揃って掛け軸に向かい、二度深く身体を折って礼をおこない、柏手《かしわで》を二度打った。

それが終わるのを待って、仙右衛門が言う。

「滞りのう拝まれて、祝着至極、さ、では広間に移ろうかの」

「あ、ちょいと、お待ちくだされ」

郁が言うのに仙右衛門は、

「ふむ」

小声になって郁が言う。

「先ほど花嫁さまに尋ねると、この二人、いまだ手も握りおうたことがないそうな」

「ほう」

仙右衛門が、ぽかんとした表情になり、白無垢の園枝には朱がさした。

郁が園枝を両手を取り、勘兵衛に押しつけるようにしながら、

「ほれ、花婿どの。石金《いしかね》さまにも困ったものじゃ」

堅物《かたぶつ》扱いされた勘兵衛は、苦笑しながら両手で包み込むように、園枝の手を取った。

(柔らかい……)

目の下には綿帽子があって、園枝の表情は見えない。

しかし——。

しっかりと、意外な強さで、園枝が握り返してきた。

「コホン」

仙右衛門が、小さくしわぶいた。

勘兵衛が、そっと手を離す。

「では、まいろうか」

「はい」

まずは仙右衛門の先立ちで、勘兵衛が書院を出て、大広間への廊下を進む。

すでに吊り掛け燭台に火が入り、廊下は明るい。

後ろからは、園枝の手を引いて郁が続く。

これから広間では、落合七兵衛が謡う〈高砂〉のなか、三三九度の盃が交わされ、
二人の行く末を寿《ことほ》ぐ祝辞がいくつか述べられたのちに、和やかな宴会が開かれることになっていた。

大広間に勘兵衛が入り、次に園枝が入ると、どよめきが起こった。

だが、すぐに静まった。

カナカナカナカナカナ——。

その広間は、秋蜩《ひぐらし》の声に満ちていた。

5

勘兵衛が、江戸へと発つ日は七月十三日と決まった。

友引や仏滅、先負の日を避けていくと、その日しかなかった。先勝にあたる。

平穏無事に仮祝言を終えたのち、まず二日後の七夕《たなばた》に、勘兵衛は塩川家の招待を受けて園枝と過ごした。

その夕、勘兵衛は初めて園枝の口を吸った。

園枝は緊張に震え、唇を離しても、しばらくの間、歯がカチカチと鳴り続けていた。

一方、勘兵衛のほうは、激しく心が痛んでいた。

かぐわしい女の唇に久方ぶりに触れて、心の底に深く深く埋めたはずの、小夜《さよ》のことが顔を覗かせたのだ。

勘兵衛が江戸で、男女の深間に入った小夜は、勘兵衛の子を宿したことを告げぬまま、いずこともなく消え去っていった。

（これから、幾度……）

そんな悔恨とも、贖罪《しょくざい》ともつかない心情を、自分はいつまで耐え続けなければならないのだろうか。

（しかし……）

上司の松田の戒めが、勘兵衛によみがえる。

――小夜が秘密にしていることは、おまえも一生の秘密として背負っていけ。万一、いつかおまえの妻女となるひとが、ゆくゆくそのことを知り、おまえの許《もと》を去ったとしても、それもおまえは、生涯背負って耐えてゆくのだ。おとなとは、そういうものだ。

（あの戒めは、守らねばならぬ）

改めて決意した勘兵衛である。

それから連日のように、勘兵衛は園枝と会った。

園枝が清水町の屋敷を訪ねてくることもあれば、互いに供を連れて待ち合わせ、町を歩くこともある。

すでに夫婦も同然の二人なのであった。

気がかりはあった。

まだ室田貫右衛門が戻ってこない。

（できれば、大野を発つ前に吉報を聞きたいものだが……）

勘兵衛のその願いは、叶った。

浅水の泰澄寺に置いた陣所を引き払い、室田貫右衛門たちは目立たないよう分散して、幾日かに分けて城下に戻ってきた。

その第一陣が、室田兄弟であった。

勘兵衛が江戸に発つ、僅かに一日前のことである。

勘兵衛が推察したとおり、西潟陣屋から運び出された米俵は、府中城下へ向かう途中に、丹生郡野末村というところにある、弓八幡神社へ立ち寄っている。

その境内こそが、年貢米を別物と入れ替える場所だったのである。

そして、本来の年貢米を追ったところ、荷は新保浦の船持廻船問屋、山岸屋太兵衛《たべえ》の蔵に入った。

山岸屋は、ずっと以前より、西潟の年貢米を敦賀へ運ぶのを請け負っていたところだ。

思うに山岸屋は、敦賀で屑米を買いあさって新保浦に運び、屑米と取り替えた年貢米を再び敦賀に運んで、これを換金していたようだ。

大目付の采配の元に、速やかに目付衆が動いた。

たちまちのうちに、郡奉行の権田内膳や、その一統を捕らえて評定所に敷設した牢に入れた。

徒士組も、これに先立ち、賊を城下から一人たりとも逃さぬため、美濃街道の城下はずれを押さえている。

城下は、騒然となった。

また田原将一郎の指揮で、六十名を超える徒目付と三十名を超える徒士たちが、西潟陣屋を目指して城下を発った。

その夜も遅くになって戻ってきた孫兵衛が、

「いやいや、御重役方も大騒ぎじゃ。それゆえ、明日は、おまえを見送るどころではないが……」

「とんでもない。見送りなどは不要です。それより、園枝どのが江戸に来られる際に、もし許されれば父上も、母上をお連れになって、江戸までこられぬものでしょうか。その折には、なんとしても藤次郎も呼びますゆえ」

「ふむ、よし、考えておこう」

これで心おきなく、江戸へ戻ることができる。

勘兵衛は、そう思った。

［余滴《おまけ》……本著に登場する主要地の現在地］

［こおろぎ町］福井県大野市大鋸町通り界隈
［清水町の屋敷］大野市泉町六番地旅館扇屋付近
［塩川屋敷］大野市城町八番地福井地方法務局大野支局付近
［泰澄寺］福井市三十八社町一一番地に現存
［弓八幡神社］福井県丹生郡越前町野末に現存

［筆者註］
本稿の江戸地理に関しては、延宝七年［江戸方角安見図］（中央公論美術出版）および、御府内沿革図書の［江戸城下変遷絵図集］（原書房）、岸井良衛著の［江戸・町づくし稿］などによりました。

時代小説

二見時代小説文庫

秋蜩《ひぐらし》の宴《うたげ》　無茶《むちゃ》の勘兵衛《かんべえ》日月録《じつげつろく》12

著者　浅黄《あさぎ》 斑《まだら》

発行所　株式会社 二見書房
東京都千代田区三崎町二-一八-一一
電話　〇三-三五一五-二三一一［営業］
　　　〇三-三五一五-二三一三［編集］
振替　〇〇一七〇-四-二六三九

印刷　株式会社 堀内印刷所
製本　ナショナル製本協同組合

落丁・乱丁本はお取り替えいたします。
定価は、カバーに表示してあります。

©M. Asagi 2011, Printed in Japan. ISBN978－4－576－11072－1
http://www.futami.co.jp/

二見時代小説文庫

山峡の城　無茶の勘兵衛日月録

浅黄斑［著］

藩財政を巡る暗闘に翻弄されながらも毅然と生きる父と息子の姿を描く著者渾身の感動的な力作！本格ミステリ作家が長編時代小説を書き下ろし

火蛾《かが》の舞　無茶の勘兵衛日月録2

浅黄斑［著］

越前大野藩で文武両道に頭角を現わし、主君御供番として江戸へ旅立つ勘兵衛だが、江戸での秘命は暗殺だった……。人気シリーズの書き下ろし第2弾！

残月の剣　無茶の勘兵衛日月録3

浅黄斑［著］

浅草の辻で行き倒れの老剣客を助けた「無茶勘」こと落合勘兵衛は、凄絶な藩主後継争いの死闘に巻き込まれていく……。好評の渾身書き下ろし第3弾！

冥暗《めいあん》の辻　無茶の勘兵衛日月録4

浅黄斑［著］

深傷を負い床に臥した勘兵衛。彼の親友の伊波利三は、ある諫言から謹慎処分を受ける身に。暗雲が二人を包み、それはやがて藩全体に広がろうとしていた。

刺客の爪　無茶の勘兵衛日月録5

浅黄斑［著］

邪悪の潮流は越前大野から江戸、大和郡山藩に及び、苦悩する落合勘兵衛を打ちのめすかのように更に悲報が舞い込んだ。大河ビルドンクス・ロマン第5弾

陰謀の径《みち》　無茶の勘兵衛日月録6

浅黄斑［著］

次期大野藩主への贈り物の秘薬に疑惑を持った江戸留守居役松田と勘兵衛はその背景を探る内、迷路の如く張り巡らされた謀略の渦に呑み込まれてゆく……

報復の峠　無茶の勘兵衛日月録7

浅黄 斑［著］

越前大野藩に迫る大老酒井忠清を核とする高田藩と福井藩の陰謀、そして勘兵衛を狙う父と子の復讐の刃！正統派教養小説の旗手が贈る激動と感動の第7弾！

惜別の蝶　無茶の勘兵衛日月録8

浅黄 斑［著］

越前大野藩を併呑せんと企む大老酒井忠清。事態を憂慮した老中稲葉正則と大目付大岡忠勝が動きだす。藩御耳役・勘兵衛の新たなる闘いが始まった……！

風雲の谺《こだま》　無茶の勘兵衛日月録9

浅黄 斑［著］

深化する越前大野藩への謀略。瞬時の油断も許されぬ状況下で、藩御耳役・落合勘兵衛が失踪した！正統派教養小説の旗手が着実な地歩を築く第9弾！

流転の影　無茶の勘兵衛日月録10

浅黄 斑［著］

大老酒井忠清への越前大野藩と大和郡山藩の協力密約が成立。勘兵衛は長刀「埋忠明寿」習熟の野稽古の途次、捨子を助けるが、これが事件の発端となって…

月下の蛇　無茶の勘兵衛日月録11

浅黄 斑［著］

越前大野藩次期藩主廃嫡の謀略が進むなか、勘兵衛は大目付大岡忠勝の呼び出しを受けた。藩随一の剣の使い手勘兵衛に、大岡はいかなる秘密を語るのか

奇策 神隠し　変化侍柳之介1

大谷羊太郎［著］

信州弓月藩の元剣術指南役で無外流の達人鵜飼兵馬を狙う妖剣！連続する斬殺体と陰謀の真相は？時代小説大賞の本格派作家、渾身の書き下ろし

はぐれ同心 闇裁き 龍之助 江戸草紙
喜安幸夫［著］

時の老中のおとし胤が北町奉行所の同心になった。女壺振りと島帰りを手下に型破りな手法と豪剣で、悪を裁く！ワルも一目置く人情同心が巨悪に挑む新シリーズ

隠れ刃 はぐれ同心 闇裁き2
喜安幸夫［著］

町人には許されぬ仇討ちに人情同心の龍之助が助っ人。敵の武士は松平定信の家臣、尋常の勝負はできない。〝闇の仇討ち〟の秘策とは？大好評シリーズ第2弾

因果の棺桶 はぐれ同心 闇裁き3
喜安幸夫［著］

死期の近い老母が打った一世一代の大芝居が思わぬ魔手を引き寄せた。天下の松平を向こうにまわし龍之助の剣と知略が冴える！大好評シリーズ第3弾

老中の迷走 はぐれ同心 闇裁き4
喜安幸夫［著］

百姓代の命がけの直訴を闇に葬ろうとする松平定信の黒い罠！龍之助が策した手助けの成否は？これぞ町方の心意気、天下の老中を相手に弱きを助けて大活躍！

公家武者 松平信平《のぶひら》 狐のちょうちん
佐々木裕一［著］

後に一万石の大名になった実在の人物・鷹司松平信平。紀州藩主の姫と婚礼したが貧乏旗本ゆえ共に暮せない。町に出ては秘剣で悪党退治。異色旗本の痛快な青春

神の子 花川戸町自身番日記1
辻堂魁［著］

浅草花川戸町の船着場界隈、けなげに生きる江戸庶民の織りなす悲しみと喜び。恋あり笑いあり人情の哀愁あり、壮絶な殺陣ありの物語。大人気作家が贈る新シリーズ第1弾！

水妖伝 御庭番宰領

大久保智弘［著］

信州弓月藩の元剣術指南役で無外流の達人鵜飼兵馬を狙う妖剣！ 連続する斬殺体と陰謀の真相は？ 時代小説大賞の本格派作家、渾身の書き下ろし

孤剣、闇を翔ける 御庭番宰領

大久保智弘［著］

時代小説大賞作家による好評「御庭番宰領」シリーズ、その波瀾万丈の先駆作品。無外流の達人鵜飼兵馬は公儀御庭番の宰領として信州への遠国御用に旅立つ！

吉原宵心中 御庭番宰領3

大久保智弘［著］

無外流の達人鵜飼兵馬は吉原田圃で十六歳の振袖新造・薄紅を助けた。異様な事件の発端となるとも知らずに……ますます快調の御庭番宰領第3弾

秘花伝 御庭番宰領4

大久保智弘［著］

身許不明の武士の惨殺体と微笑した美女の死体。二つの事件が無外流の達人鵜飼兵馬を危地に誘う…。時代小説大賞作家が圧倒的な迫力で権力の悪を描き切った傑作！

無の剣 御庭番宰領5

大久保智弘［著］

時代は田沼意次から松平定信へ。鵜飼兵馬は有形から無形の自在剣へと、新境地に達しつつあった……時代小説の新しい地平に挑み、豊かな収穫を示す一作

妖花伝 御庭番宰領6

大久保智弘［著］

剣客として生きるべきか？ 宰領（隠密）として生きるべきか？ 無外流の達人兵馬の苦悩は深く、そんな折、新たな密命が下り、京、大坂への暗雲旅が始まった。

影法師 柳橋の弥平次捕物噺
藤井邦夫［著］

南町奉行所吟味与力秋山久蔵と北町奉行所臨時廻り同心白縫半兵衛の御用を務める岡っ引、柳橋の弥平次の人情裁き！気鋭が放つ書き下ろしシリーズ

祝い酒 柳橋の弥平次捕物噺2
藤井邦夫［著］

岡っ引の弥平次が主をつとめる船宿に、父を探して年端もいかぬ男の子が訪ねてきた。だが、子が父と呼ぶ直助はすでに、探索中に憤死していた……。

宿無し 柳橋の弥平次捕物噺3
藤井邦夫［著］

南町奉行所の与力秋山久蔵の御用を務める岡っ引の弥平次は、左腕に三分二筋の入墨のある行き倒れの女を助けたが……。江戸人情の人気シリーズ第3弾！

道連れ 柳橋の弥平次捕物噺4
藤井邦夫［著］

諏訪町の油問屋が一家皆殺しのうえ金蔵を破られた。湯島天神で絵を描いて商う老夫婦の秘められた過去に弥平次の嗅覚が鋭くうずく。好評シリーズ第4弾！

裏切り 柳橋の弥平次捕物噺5
藤井邦夫［著］

柳橋から神田川の川面に、思い詰めた顔を映す女を見咎めた弥平次は、後を追わせるが…。岡っ引たちの執念が江戸の悪を追い詰める！人情シリーズ第5弾

間借り隠居 八丁堀 裏十手1
牧 秀彦［著］

北町の虎と恐れられた同心が、還暦を機に十手を返上。その矢先に家督を譲った息子夫婦が夜逃げ。間借りしながら、老いても衰えぬ剣技と知恵で悪に挑む！

夜逃げ若殿 捕物噺 夢千両すご腕始末
聖龍人［著］

御三卿ゆかりの姫との祝言を前に、江戸下屋敷から逃げ出した稲月千太郎。黒縮緬の羽織に朱鞘の大小、骨董目利きの才と剣の腕で江戸の難事件解決に挑む！

夢の手ほどき 夜逃げ若殿 捕物噺2
聖龍人［著］

稲月三万五千石の千太郎君、故あって江戸下屋敷を出奔。骨董商・片倉屋に居候して山之宿の弥市親分とともに謎解きの才と秘剣で大活躍！大好評シリーズ第2弾

剣客相談人 長屋の殿様 文史郎
森詠［著］

若月丹波守清胤、三十二歳。故あって文史郎と名を変え、八丁堀の長屋で貧乏生活。生来の気品と剣の腕で、よろず揉め事相談人に！心暖まる新シリーズ！

狐憑きの女 長屋の殿様 剣客相談人2
森詠［著］

一万八千石の殿が爺と出奔して長屋暮らし。人助けの万相談で日々の糧を得ていたが、最近は仕事がない。米びつが空になるころ、奇妙な相談が舞い込んだ……

遊里ノ戦《いくさ》 新宿武士道1
吉田雄亮［著］

宿駅・内藤新宿の治安を守るべく微禄に甘んじていた伊賀百人組の手練たちが「仕切衆」となって悪を討つ！宿場を「城」に見立てる七人のサムライたち！

侠盗五人 世直し帖 姫君を盗み出し候
吉田雄亮［著］

四千石の山師旗本が町奉行、時代遅れの若き剣客、侠客見習いに大盗の五人を巻き込んで一味を結成！世直し、人助けのために悪党から盗み出す！新シリーズ！

大江戸三《さん》男《おとこ》事件帖 与力と火消と相撲取りは江戸の華

幡大介［著］

欣吾と伝次郎と三太郎、身分は違うが餓鬼の頃から互いに助け合ってきた仲間。「は組」の娘、お栄とともに旧知の老与力を救うべくたちあがる…シリーズ第1弾！

仁王の涙 大江戸三男事件帖2

幡大介［著］

若き三義兄弟の末で巨漢だが気の弱い三太郎が、ひょんなことから相撲界に！戦国の世からライバルの相撲好きの大名家の争いに巻き込まれてしまった…

木《こ》の葉《は》侍 口入れ屋 人道楽《ひとどうらく》帖

花家圭太郎［著］

腕自慢だが一文なしの行き倒れ武士が、口入れ屋に拾われた。江戸で生きるにゃ金がいる。慣れぬ仕事に精を出すが……。名手が贈る感涙の新シリーズ！

影花侍 口入れ屋 人道楽帖2

花家圭太郎［著］

口入れ屋に拾われた羽州浪人永井新兵衛に、用心棒の仕事が舞い込んだ。町中が震える強盗事件の背後に潜む奸計とは!? 人情話の名手が贈る剣と涙と友情

人生の一椀 小料理のどか屋 人情帖1

倉阪鬼一郎［著］

もう武士に未練はない。一介の料理人として生きる。一椀、一膳が人のさだめを変えることもある。剣を包丁に持ち替えた市井の料理人の心意気、新シリーズ！

倖せの一膳 小料理のどか屋 人情帖2

倉阪鬼一郎［著］

元は武家だが、わけあって刀を捨て、包丁に持ち替えた時吉の「のどか屋」に持ちこまれた難題とは…。心をほっこり暖める時吉とおちよの小料理。感動の第2弾